사랑을 말하는 그 누군가가
    당신이었으면 좋겠습니다.
사랑과 낭만의 봄 곁에서

    정 가 희 드림

누군가는
사랑을
말해야 하지
않을까

백가희 에세이

누군가는
사랑을
말해야 하지
않을까

자화
상

Part 1

Part 2

Part 3

Part 4

Part 1

나는 그럴때일 수록 그냥 네 눈앞의 현재를 보라고 말하고 싶어.
옛날 사람들처럼. 당장의 걱정이라는 다음끼니, 어떻게해야
다음끼니에서 나를 더 잘 대접할수 있을지 고민하는것이 고민의
전부가 된수 있도록. 당장 네 눈앞에 놓인것들을 보는거야.

불나방
청춘

계절이 전속력으로 달려 도착한 것만 같은 가을입니다. 한동안은 아침마다 외투를 챙길지 말지 고민하여 현관문 앞에서 씨름하겠죠. 그래도 아직은 여름의 끝물이라 생각했는데 코끝이 아린 것을 보니 가을이 시작된 것 같기도 하고요.

어제는 놀이공원을 다녀왔습니다. 머리띠를 살까 말까 고민하다 하나를 쥐었습니다. 이런 건 다 상술이라 생각할 때도 되었는데 꼭 10년 전 놀이공원을 찾았던 예전처럼 계속해 끼고 다녔습니다. 교복을 입은 학생들도, 같은 머리띠를 낀 연인도, 목마를 타고 다리를 구르는 아이도 웃고 있었습니다. 놀이공원을 올 때마다 유독 생각나는 시 한 편이 있습니다. 심보선 시인의 「청춘」입니다.

　이 시는 불나방처럼 뒤도 돌아보지 않고 달릴 것 같은 청춘의 장면을 그린 듯합니다. 방금은 청춘이란 제목을 쓰려다 위악이라 잘못 썼습니다. '거울 속 제 얼굴에 위악의 침을 뱉고서도 크게 웃었을 때'라는 구절이 쿡 후벼 팠습니다. 가을바람처럼 전속력으로 달려와 꽂힌 듯했어요. 분노에 북받치다가도 공포에 떠는 이를 보면 바로 멱살을 놓기도 하는, 제아무리 악을 쓰고 덩치를 키워도 속내에는 덜 자란 아이의 영혼이 있는, 숱한 결심을 남발하지만 무엇도 이루지 못해 절망하는 날들이 생각나서였습니다. 위선을 부릴 여유가 없어 위악으로 자신의 속을 애써 감출 때, 내 말이 맞다며 목소리를 키울 때, 나 말고는 세상에 정답이 없는 것처럼 느껴질 때, 나를 두고 가는 모든 존재들이 얄미울 때, 무엇 하나 놓치고 싶지 않을 때, 놓치고 싶었으나 모든 것을 놓쳐버렸음을 깨닳을 때, 곰살스럽지 못한 청춘이라 자신을 타박할 때. 모든 게 다 청춘을 아우르는 말 같기도 합니다.

　청춘은 무엇인가에 대하여 정의를 해보란 말을 들었을 때 한참이나 머뭇거리던 날이 있었습니다. 무엇 하나 만족스럽지 않은 날과 인생이 너무나도 평탄히 흘러가 밋밋해 보이는 날이 공존했습니다. 무수히 반복하고 싶었던 날도, 또 한순간에 끝내버리고 빨리 내일로 넘어가고 싶었던 날도 있었습니다. 청춘은 나이를 특정하는 시절이 아니라 자신이 꽃피울 수 있는 시절을 뜻하니 조급해하지 하지 말라는 위로의 말로 밤을 이어나간 적도 있었습니다.

문득 가을의 도입부에 멈춰 서서 봄과 여름을 떠올려봅니다. 벚꽃이 떨어지는 강변에 돗자리를 펴고 앉아 시간을 보냈던 봄을, 이마에 흐르는 땀방울을 개의치 않으며 오래 걸었던 여름을. 이제와 보니 아쉬워 다시 반복해 돌려보고 싶었습니다. 아까 청춘이 불나방 같다고 했었지요. 불나방이 불을 향해 날아드는 것은 불을 좋아해서가 아니라 빛을 향해 각도를 유지하며 나는 특성 때문이라는 것을 아시나요? 빛 주위를 빙빙 돌다 결국 불 속으로 들어가게 되는 거죠. 뒷일을 모르고 뛰어드는 게 아니라 빛을 향해 나아가는 것일 뿐이었습니다.

빛 주위를 맴돌다 빛 속으로 들어가는 삶. 이것은 청춘이 아니라 삶 전체를 아우르는 것일지도 모릅니다. 위악의 시절이라고 한들, 후회와 다짐을 반복하는 시절이라고 한

들, 이 모든 게 빛 속으로 뛰어드는, 결국은 빛과 한 몸이 되어가는 과정이라고 말한다면 어색할까요. 말하고 싶었습니다. 어떤 일이든 얼마든지 뛰어들었다가도 다시 헤어 나올 수 있는 탄성이 있는 시절입니다. 아등바등하면서도 살아나겠다 결심하는 것마저 대단한 날들입니다.

자신을 미워하다가도 또 금방 자신을 사랑할 수 있는 밤입니다. 산책하기 좋은 바람이 불어요. 뛰어다닐 수 있을 때, 힘이 남아돌 때, 무모할 수 있을 때, 실컷 돌아볼 수 있을 때, 더 좋은 후회를 고를 수 있을 때, 지나치고 싶지 않고 여유로운 풍경이 있을 때, 로망과 낭만이 있을 때. 당신이 가을밤을, 이 청춘의 밤을 놓치지 않았으면 하는 마음으로.

마음을 보냅니다.

하는
자유

찬혁에 대해 글을 쓴 적 있지. 너도 아는 사람이야. S사 오디션에 나와 몽골에서 왔다고 자신들을 소개하던 선교사 부부의 남매, 다리 꼬지 말라며 정곡을 쿡 찌르는 노래를 만들었던 애, 심사위원에게 결승까지 자작곡으로 승부해도 되겠다며 극찬을 들었던 애, 언제나 새롭고 신선한 노래로 놀라움을 안겼던 애, 남매의 첫째, 쓰다 보니 내가 찬혁에 대해 너무 많은 것을 알고 있는 것 같아 놀랐어. 너도 알고 있을지도 모르겠지만, 찬혁이나 수현이를 보다 보면 꼭 내가 아는 동생들 같고 그래. 같이 자란다는 느낌이 이런 걸까?

예전 찬혁에 대해 글을 쓰며 나는 썼었지. 찬혁이가 무슨 일을 하든 그의 가사처럼 '중요한 건 평화, 자유, 사랑, My life'라고. 찬혁이에게 하고 싶은 걸 그만하라고 말하는 세계가, 찬혁이의 변화를 사춘기라고 치부하는 시대가 폭력적이지 않느냐고 말이야. 사람이라면 응당 자유로운 것을 대원칙으로 하는 시대에 살고 있는데 '하고 싶은 걸 그만하라'는 말이 유행처럼 쓰이는 게 맞나 싶어. 요즘도 그래.

며칠 전 찬혁은 광화문 역에 파자마 차림으로 소파에 앉아 차를 마셨대. 광장에 소파와 탁상이 어디 있겠어. 다 가져온 거지. 탁상에는 티 주전자가 놓여 있고 까치집을 한 찬혁은 다리를 휙 꼰 채로 잔을 들고 있었지. 사람들은 또 찬혁에게 말했어. 뭘 하고 싶은 건지 모르겠으나 하고 싶은 건 그만하라고. 광화문 광장에만 나타난 건 아니었어. 부산에서는 투명한 케이지 안에 들어가 몇 시간 동안 가만히 서 있는 찬혁이, 〈전국노래자랑〉 객석에 앉아 있는 찬혁이 보이기도 했지. 찬혁이의 솔로 음반 〈에러〉의 홍보이자 쇼케이스래. 오늘은 음악 방송에 나와 카메라를 등지고 노래하는 찬혁의 모습이 화제가 됐어. 무대가 끝날 때까지 뒤를 돌지 않고 있었대. 독특하다 못해 신기하고 특이해 보였어. 나라면 책 홍보를 위해 광화문 역에서 파자마 차림으로 앉아 있을 수 있을까? 번화가 중앙에서 투명한 상자에 들어가 있을 수 있을까? 하고 싶은 걸 그만하라고들 하지만, 나는 찬혁이 자신의 삶을 홍보하고 사랑하는 방식이 재밌어. 아무에게도 피해를 주지 않는 방식으로, 원하는 것만 진취적으로 해내잖아. 나는 언제 그렇게 삶을 열정적으로 이끌어본 적이 있나 싶어. 나는 과연 찬혁에게 하고 싶은 걸 그만하라고 말할 수나 있는 사람일까.

하고 싶었던 걸 포기했던 순간을 알고 있어. 그림으로 대학 입시를 떨어졌을 때, 1년을 이도저도 아닌 상태로 보내게 됐을 때 잘 그린 그림을 보면서 감탄했지만, 내 것이 아니란 생각에 비참했을 때. 그림은 내 끈질긴 애착이기도 했지. 언젠가 생활이 안정되고 명확한 직업이 생겼을 때 취미로라도 미술을 시작하고 싶었어. 꼭 그림을 그리지 않더라도 미술의 바운더리 안에 있고 싶었지. 큐레이터나 전시 기획자, 아트 디렉터와 같은 직업들 있잖아. 내가 꿈꿨던 저명한 화가들까지는 되지 못하더라도 어떤 방식으로든 그림과 가까이 있으면 내가 후회로만 남겨둔 과거의 갈등이 해소될 것만 같았어. 보내줄 수 있을 것 같았어. 미술에 대한 미련들을.

그래서 언제 후련하게 해소됐냐고? 놀랍게도 이번 해 일이야. 야구 구단의 크리에이터가 되고 난 후, 매달 한 편씩 구단과 관련된 콘텐츠를 제작해야 했거든. 처음에는 인터뷰를 하거나 글을 써야 하나 싶었어. 내가 가진 것 중 가장 쓸모가 있었으니까. 야구에 대해 글을 쓰자니 고리타분하고, 팬들이 내 글을 읽어줄 것인가에 대한 부담감도 있었어. 가장 사랑하는 일은 최후의 보루거든. 나의 마지노선이었지. 글을 쓰긴 싫은 거야. 그래서 만화를 그렸어. 하고 싶어서, 그리고 싶어서. 팀 스토어에 있는 제품을 알리는 만화, 새로 생긴 포토부스를 소개하는 만화, 시즌 막바지 안녕을 보내는 만화. 다섯 편이나 그렸더라구. 만화를 그리다 못해 구단 이름으로 이모티콘도 출시하게 됐어.

정말이지 가벼운 일은 아니었어. 이모티콘이 출시되었을 때만 해도 스트레스로 머리가 퐁퐁 빠지는 악몽을 몇 번이나 꿨는지 몰라. 댓글 하나하나를 모니터링하면서 밤을 꼬박 새우기도 했어. 마음 쏟는 건 힘든 일이구나. 하고 싶은 일이어도 버거울 수 있다는 걸 재차 깨달으면서 말이야. 그럼에도 하고 싶은 일에 대해 전력질주를 해본 게 오랜만이었던 것 같아. 특히나 그림에 관해서는. 나의 과거와 미련과 후회와 정면으로 부딪혔던 적은. 내 삶에 전례 없는 상쾌한 환희였어. 열아홉의 내가 내게 말하는 것 같았어.

지금 내 삶에서 브레이크를 밟는 사람들이 언제까지 내 옆에 있을까? 하고 싶은 걸 해보니 재밌지 않니?

이제 나는 만화를 그리는 제작자가 아닌 본업인 글 쓰는 작가로 돌아가지만 그림을 그려서 좋았어. 재밌었으니 됐다고 말할 수 있을 만큼 재밌었어. 이번 1년은 책 한 권 쓰지도 않았지만 후련했어. 어설프게 남아서 계속 뒤를 돌아보게 했던 시절을 흘려보낼 수 있겠다. 아까도 말했잖아. 중요한 건 평화와 자유와 사랑, 그리고 나의 삶.

해봐야 해. 무슨 일이든, 어떤 공부든. 네가 하고 싶은 것 무엇이든. 하는 자유가 있어야 해. 스스로가 못 미더워도, 누군가 하고 싶은 걸 그만하라고 해도 하는 네가 되길 바라. 최선을 다해 부딪히기를 바라.

해봐야 해. 잊지 마. 하는 자유를.

정답은
알고 있지

평영이 되지 않아 걱정이야. 근래에 너에게 가장 많이 한 말 같기도 해. 평영이 안 된다는 거.

　자기 연민이나 한탄으로 대화의 운을 띄우는 사람이 얼마나 매력 없는지 알고 있으면서도 오늘은 또 같은 실수를 한다. 편지엔 그런 힘이 있지. 내 안의 이야기를 결국 꺼내게 하는 힘. 이런 이야기, 저런 이야기 에둘러 가다가 결국 너와 내가 함께 있었던 시간을 끄집어내는 힘. 아, 아무튼 말이야. 평영이 잘 안 돼. 평영은 다리를 개구리처럼 벌리고 발목을 바깥쪽으로 꺾은 다음 발 안쪽 날로 힘껏 물살을 밀면 되는 영법이야. 사실 개구리처럼 무릎을 너무 많이 벌려서도 안 돼. 물의 저항을 많이 받거든. 무릎은 모으고 발날이 바깥쪽을 향하게 하는 게 키포인트야. 강사님이 말하길, 감만 잡으면 쑥쑥 나가는 영법 중 하나래. 자유형과 배영은 익히 보기도 했고 어설퍼도 곧잘 따라서 할 수 있었는데 말이지, 평영은 다른 단계의 영법 같았어. "자유형 잘해요."보다 "평영 좀 해요."라는 말이 왠지 더 멋있어 보이지 않아? 수영을 제대로 배운 사람 같고. 시간 좀 적당히 들여서 발전시키는 취미를 두고 있는 것 같고. 꼭 잘하고 싶었어. 평영 다음에 배울 접영도 정말 잘하고 싶었지. 마음처럼 되지 않았던 이유는 발목 때문이었어. 아까도 말했지만, 평영의 비법은 발목을 바깥쪽으로 돌려 안쪽 날로 물살을 밀어내는 거거든.

4년 전, 관악산을 올라갔을 때 이야기야. 엄마가 대구에서 보내준 등산화를 신고 F와 정상인 연주암까지 올라가겠노라 결심하고 올라갔지. 오르는 건 크게 어려울 것 없었지만, 문제는 하산이었어. 올라가는 길에 남은 체력까지 소진해서 왔던 길이 아닌 더 쉬운 하산 코스를 찾고 싶었어(실은 왔던 길로 가려면 바위를 타야 해서 겁이 많은 난 진즉에 움츠러들었기도 해). 기술이 발달해 위치 추적도 어디서든 잘 된다지만, 지도 앱이 산의 지형이나 숲길까지 알고 있을 리는 없지. 우리는 우선 완만한 경사의 계단 길을 택했어. 근데 걷다 보니 영 이상한 거야. 하산이 이렇게 오래 걸릴 이유가 없는데, 한 시간은 족히 걸었던 것 같아. 지도를 켜서 보니 우리가 가는 방향의 일직선에 경기도 과천이 있었어. 그러니까 우리는 산을 가로질러서 서울 관악구에서 경기도 과천으로 가는 중이었던 거지. 아차 싶어 다시 왔던 길을 되돌아 올라갔어. 다시 오르고 본 시간이 3시쯤이었으니 이러다간 해가 떨어진 산에 우리 둘만 남아 있겠더라구. 열심히 뛰어 내려갔지. 미끄러질까 노심초사했던 마음은 싹 잊은 채로 무서운 것도 모르고. 그러다 헛디딘 거야. 발목 인대가 뚝 끊기던 소리가 귓전에 울렸지.

병원에 가니 거미줄마냥 연결되어 있던 인대가 완전 파열된 거래. 왜 거미줄이냐고? 6년 전에 영국에서 다친 적 있었거든. 외국인이 병원을 어떻게 갔겠니. 그 날씨 좋다던 런던의 여름에 집에서만 있었어. 3개월을 쉬니까 나아지기는 했지만, 다시 탈이 난 거야. 수술은 불가피했지. 제법 나은 줄 알았는데, 평영을 해보니 아니었어. 발목을 튼다고 틀었는데, 지켜보던 같은 반 언니 말로는 내 발목은 수영하는 내

내 돌아가지 않았대. 오른쪽 발목이 물살을 힘껏 밀어도 왼쪽 발목이 기능을 못하니까 계속 제자리인 거야. 자유형과 배영을 잘하다가도 평영을 할 때면 계속 해서 뒤로 밀려났어. 강사님은 말했지. 지금부터 수영이 재미없어지는 슬럼프가 올지도 모른다고. 잘 뛰어넘어야 한다고.

언젠가 네가 그랬잖아. 항상 끝에서 미끄러지는 것 같다고. 계속 미끄러지다 보니 내리막인지 평지인지 구분이 되지 않을 정도라고 그랬었지. 떨어지다 못해 이제는 여기가 내 자리일지도 모른다는 네 말이 지금에서야 조금씩 이해가 돼. 나는 항상 미끄러지지 않으려고 발에 억지로 힘을 주고 있는 사람이었거든. 겉으로는 너를 이해하는 척했지만 속으로는 네 말을 들으면서 '왜 미끄러지는 거지?'라고 의문을 품었었는데, 아니구나. 너도 나처럼 최대한의 힘을 주고 있었겠구나. 과거의 상처가, 후회가, 미련이 네 발목을 잡고 끌어내렸을 수도 있겠구나 싶어. 사람은 참 웃기지. 모든 사건과 모든 시절과 모든 하루가 일어나고 지나고 나서야, 자기 이야기가 되어서야 흘러간 순간을 되짚어보잖아. 미안하다고 말하고 싶어. 미안해.

네가 했던 말을 기억해. 미끄러진다고 해도 나는 계속

하는 수밖에 없다고. 최악의 삶으로 가더라도 작은 최선들의 성공을 기억한다고 말했지. 이 말을 수영장에서 내내 떠올려. 작은 최선들의 성공은 무엇일까.

나는 줄곧 어디에서든 유영하는 삶을 살고 싶다고 적었었어. 이리저리 떠돈다는 의미이기도 하고 물속에서 헤엄치듯 놀고 싶다는 의미기도 했지. 하지만 이제는 알아. 헤엄치기 위해 얼마나 힘찬 발차기를 해야 하는지 말이야. 발등으로 물을 누르며 손으로는 물을 가르고 밀어야 해. 레인 끝으로 도착하면 숨이 턱턱 막히곤 해. 그만큼 있는 힘껏 발을 찼으니까. 물을 밀어냈으니까. 이건 결코 노는 삶이 아니야. 결코 가뿐한 삶이 아니야. 너의 말처럼 작은 최선들의 성공들이 있어야만 살 수 있는 삶이었어.

나는 언제쯤 평영을 잘하게 될까? 내 발목은 나아질까? 다시 네 말을 떠올려봐. 결론은 없고 정답은 알고 있지.

맞아. 계속 하는 수밖에 없어.

1700억 중의 1

1863년에 관측된 행성이 있어. 150년이 지날 때까지 그 누구도 관심이 없었지만, 2007년 새롭게 주목받게 돼. 흔한 적색 왜성인 글리제 581이 주목받기 시작한 이유는 태양 주변을 도는 우리 은하의 행성들처럼 글리제 581 주변을 도는 행성들 때문이야. 글리제 581의 골디락스 존에 있는 세 개의 행성이 생명체의 존재 가능성을 갖고 있다고 추측되는 거지. 그중 골디락스 존 한가운데에 있는 글리제 581g는 생명체가 존재할 가능성이 높은 행성이라 평가받고 있대. 가능성을 낮추는 요인도 있어. 글리제 581g가 조석고정이 되어 있다는 사실이야. 한 면은 영원히 항성(글리제581)을 바라보고 있어서 뜨거운 낮이 이어지고 또 다른 한쪽은 영원히 태양이 뜨지 않아 어둡고 춥기만 하겠지. 하지만 두꺼운 대기가 있고 액체 상태의 물이 있다면 열과 냉기가 분산되어 적당한 온도를 가질 수도 있게 된다는 거야.

생명체가 존재할 수 있는 부정적이고 긍정적인 요인들을 번갈아 보면서 꾸준히 생각하게 돼. 우주가 얼마나 넓은지 실감할수록, 생명체가 탄생하고 진화하기에 필요한 환경이 얼마나 복잡하게 구성되어 있는지 알아갈수록, 살아 있다는 게 얼마나 큰일인지 말이야. 이 거대한 우주에서 우리만이 가장 고등생명체인 것인가. 차마 대답할 수 없는 영역이지. 우주에 우리만 있는 것이 아니라면 우리가 우리로서 이렇게 만나게 된 게 얼마나 많고도 작은 우연과 기적의 합인 걸까. 우주 내 은하가 1700억 개고 현재는 관측 가능한 우주 내 은하의 수가 열 배는 더 된대. 1700억 개 중의 하나. 우주가 얼마나 큰지 실감할수록 다시금 생각해. 평생 행성의 바깥, 우주로도 갈 수 없는 나는 이 행성에서 충분히 감탄하기 바빠야 한다고.

은아, 마침 네 이름도 은하와 비슷해 선뜻 우주 이야기를 하게 되었는지도 모르겠다. 만나면 시시콜콜한 지난 시절 이야기만 늘어놓고 같은 이야기를 수없이 반복해도 같은 지점에서 웃는 우리가 눈에 선해. 10년이 지난 지금까지 같이 웃을 수 있다는 게 얼마나 축복받은 일인지 다시금 생각하고 있어. 1700억의 1, 이제는 더 많은 숫자의 은하 중에서 만난 우리 은하와 우리 지구와 우리 땅과 우리 언어. 영원히 낮만 존재하고, 영원히 밤만 존재하는 행성이 아닌 그 중간 지점의 환경이 조성된 곳에서 너를 만난 것. 계절이 시작을 알리고 또 끝을 말하는 곳, 햇살과 바람과 풀과 꽃이 언어가 되는 곳, 시간과 공간의 개념이 확실한 곳, 떠나지 않아도 이따금 떠난 기분을 느낄 수 있는 곳, 자유롭고 벅차게 살아갈 수 있는 곳. 나는 가끔 네가 살아 있다는 것만으로 벅차길 바라. 고르게 숨을 쉴 수 있다는 것에서, 희망을 가지고 사랑할 수 있다는 것에서, 보고 싶은 영화가 있다는 것에서, 다시 돌아보고 싶은 풍경이 있다는 것에서, 동물들을 아껴주는 것에서, 존재한다는 것에서 말이야.

평균 수명 100살은 너무나 길고 부질없다고 너는 쉰 살까지만 살 거라고 말했지. 순전한 욕심이겠지만, 나는 네가 조금 더 오래 살아주었으면 해. 인간들이 글리제 581c에 전

27

파를 쏴 메시지를 보냈대. 가는 데 20년, 다시 메시지를 받는 데 20년. 아마 2050년쯤엔 그 행성의 생명체들에게 회신이 올지도 몰라. 이제 18년 정도 남았어. 우리는 벌써 스물아홉 살의 절반을 살아가고 있고. 마흔일곱 살엔 머나먼 우주 생명체의 메시지를 받았다는 소식이 전 세계를 떠들썩하게 만들지도 몰라. 네가 정말 쉰 살까지만 살 계획이라면 남은 3년 동안은 이 우주의 소식으로 시시콜콜 떠들기 바쁘겠지. 또 같은 이야기만 하면서, 또 같은 추억을 떠올리면서.

나는 네가 사는 지구를 아끼기 위해 더욱 고군분투해볼 거야. 자연을 아끼고 환경을 생각할 거야. 무분별한 소비를 줄일 거고, 먹을 수 있는 만큼만 먹으며 쓰레기를 만들지 않을 거야. 일회용품을 쓸 때마다 폐어망에 목이 감겨 고통스러워하는 거북이를 떠올릴 거야. 핏빛으로 물든 고래잡이 축제를 신기하다 감탄하지 않고 같이 고통스러워할 거야. 아닌 건 아니라고 반기를 들 거야. 용기가 무엇인지 매일 밤마다 생각할 거야. 지구는 우리의 집이고 터전이고 삶이니까.

설령 네가 쉰 살까지만 산다고 하더라도 나는 네가 머물렀던 지구를 지켜볼게. 2050년 이후에는 더욱 많은 은하들이 발견되고 관측되겠지. 어쩌면 외계인들과의 소통에 더

능숙해질지도 몰라. 그들에게도 말해줄 거야. 네가 얼마나 열심히 살았는지. 단 한순간도 부질없이 보내지 않았다고, 너는 살아낸 것만으로도 대단한 사람이라고. 그래도 살아서 같이 이야기할 수 있었으면 좋겠다고 다시 욕심을 부리고 싶어. 거대한 우주에서 사소한 우리가 어떻게 버틸 수 있었는지. 우리의 유약함을 어떻게 견뎌냈는지.

은아, 네 스물아홉 살의 하루가 또 지났어. 오늘은 어떤 하루가 될까. 지금도 흐르고 있을 이 아까운 시간을 너랑 재밌고 신나게 보내고 싶어. 네가 다음 날도, 다다음 날도, 다음의 다음의 다음 날도 살아 있길 잘했단 생각이 들 정도의 하루를 너에게 선물해주고 싶어. 잘 자고 곧 만나.

그래도 어떡해,
해야지

유심히 관찰해보건대, 성공한 사람들의 특징은 한결같습니다. 성공의 기준은 무엇일까요. 자본주의 사회에서 성공은 누가 더 많은 부를 쌓는지가 기준일 것일 테지만, 제게 성공의 기준은 끊임없이 무언가를 창조해내는 것입니다. 그것이 생계로 이어진다면 더없는 성공이기도 하고요. 부지런한 신체와 마음이 동시에 따라와 주어야지만 가능한 일입니다. 머리는 알고 있는데 마음은 모른다거나, 마음은 아는데 머리는 안 되는 것처럼 두 가지가 제 의지대로 따라온 적은 사실 몇 번 되지 않습니다. 학교 과제도 그렇고 원고 마감도 그렇고 수영도 그렇고 운동도 그렇지요. 게으른 신체와 급한 마음이 만나면 어떤 결과를 초래하는지 아시나요. 삶에 미묘한 균열이 생깁니다. 더군다나 마감을 코앞에 두고 있는 때는 더욱이요. 해야 하는 것을 알고 있는데 끈기 없는 마음이 자꾸만 집중력을 흐트리곤 해요. 그냥 하면 되는 일인데, 갖은 걱정과 고민을 털어놓기 시작합니다. 이걸 해서 내가 가질 성과는 무엇인가, 이건 내가 하고 싶은 일이었나, 근데 왜 이것밖에 못하나, 더 잘될 수 있었는데 내가 놓친 것은 아닌가, 나는 왜 항상 놓치기만 하는가. 기어코 자기혐오에 다다르고 나서야 생각을 마칩니다. 작은 스티로폼 부표를 안은 채 망망대해를 떠돌아다니는 듯합니다. 이것은 실패로 가는 사람의 이야기입니다.

성공한 사람들의 특징이 무엇일까요? '그래도 어떡해, 해야지.'가 입에 붙었다는 것입니다. 제가 주기적으로 보는 영상 중 하나인데요. '그래도 어떡해, 해야지 모음'이란 영상입니다. 첫 시작부터 소녀시대 태연이 나와 말합니다.

"오늘 촬영 못해. 그래도 어떡해. 촬영하러 왔는데."

배우 박은빈이 말합니다.

"그렇지만 어쩌겠습니까? 해내야죠."

아이들 소연이 말합니다.

"여러분 제가 스트레스를 극복하는 방법이 뭔지 아세요? 빨리 해결하는 거예요."

아이린도, 미연도, 지젤도, 허니제이도 같은 말을 합니다. 지금 당장 잡힌 촬영이 버겁고, 지금 당장 가야 하는 학원이 가기 싫고, 곧 있을 무대에서 해야 할 멘트가 틀릴까 무섭지만 결론은 같습니다. 그래도 어떡해, 해야지. 이들은 걱정과 고민에 맞부딪힐 때마다 방향 전환이 빠릅니다. '그래도 어떡해.'라는 말은 나의 선택으로 모든 상황이 일어났으나 그래도 뒤돌아보지 않겠다는 말, '해야지.'라는 말은 선택에 대한 결과물을 책임지겠다는 뜻입니다. 회복탄력성에 대해 백 마디 쓰는 것보다 나은 방법입니다. 이왕 일어났고 주어진 일이니 해보겠다는 것. 나의 시선과 관점을 과거에 두는 것이 아닌 앞으로 다가올 일들에 대해 어떻게 대처할 것인지 돌아보지 않는 것.

어쩌면 우리는 모두 알고 있었을 겁니다. 뒤돌아봤자 아무 소용이 없다는 것을요. 반성하고 자책하고 누구의 잘잘못인지 가리는 건 앞으로 다가올 오늘들에 영향을 미치지 못한다는 사실을 말입니다. '그래도 어떡해.'라는 말은 항상 우리 곁에 있었지만 쉽사리 꺼내들지 못했을 수도 있을 겁니다. 도저히 해야 할 엄두가 나지 않아서, 도무지 해결 방법이 보이지 않아서, 두려워서, 무서워서. 여러 이유들이 있겠지요.

하지만, 오늘의 나를 떠올려보세요. 무력하게 가만히 앉아 모든 비난과 두려움을 안을 나. 그 아이가 끌고 간 내일의 나. 어떻게든 해내야 더 좋은 나를 나의 내일에 선물할 수 있다고, 생각해야 합니다. 매번 죽을 고비를 넘기는 것처럼 버려내는 와중에도 끊임없이 삶을 향해 달려왔으니까요. 당신의 모든 결과물인 오늘을 선물하는 겁니다. 이전보다 나은 모습으로요. 가을비가 부슬부슬 내리며 이제는 단풍과도 작별하는 때네요. '그래도 어떡해.'라는 말 앞에 모든 후회와 두려움을 떠나보내고 날이 개면 말하도록 합시다.

해야지. 해내야지.

당신의
( )로부터

처음입니다. 무엇이 처음이냐 하면, 나를 이렇게 구체화하여 내 생각에 주목하는 것도 내가 당신을 위해 글을 쓰는 것도요. 모든 게 처음이라 몹시 당황스러우나 오늘 제 역할은 덩달아 당황스러워 하는 것이 아니기 때문에 천천히 써보겠습니다.

제 이름은 무엇일까요. 나는 당신의 숙제, 나는 당신의 변명, 나는 당신의 원수, 나는 당신의 고통, 나는 당신의 우울, 나는 당신의 기쁨, 나는 당신의 즐거움. 무엇이든 될 수 있습니다. 당신은 나를 떠올리면 고통스럽고 우울한 데 반

해 어떤 이들은 나를 떠올리지조차 않으며 또 다른 이들은 나를 생각할 때마다 웃어요.

당신은 사람을 사랑하죠. 매일 핸드폰을 들여다보면서 친구들의 소식을 구경하잖아요. 그들의 사진에 좋아요 버튼을 누르고 때로는 댓글로 사랑을 쏟죠. 무미건조한 얼굴로 사랑 가득한 말을 전할 때 당신은 신기하고 대단해 보이고 한편으로는 경이롭습니다. 선의의 거짓말이 무엇인지 알 수 있었습니다. 그 선의가 여러 사람의 하루에 스며들어 당신이 당신도 모르는 사이에 누군가를 살릴 수도 있었을 겁니다. SNS를 비롯해 온갖 커뮤니티에서 피해자가 분명한 기사에 분노하고 토론장에 뛰어들어 굵직굵직한 말들로 당신의 의견을 말하죠. 어떤 날은 칼날 같다가도 어떤 날은 꼭 무른 복숭아 같아요. 인간의 양면적인 모습을 다루는 소설 한 편을 쓴다면 저는 당신을 떠올릴 것입니다. 당신만큼 다양한 얼굴과 다양한 모습과 다양한 마음을 가진 사람을 보지 못했어요.

아주 늦은 밤, 당신은 자신의 모순을 사랑하는 순간 타인의 모순까지 포용할 수 있다는 강의를 보았지요. 강의를 보기 전까지만 해도 당신은 친구의 기쁜 소식을 힘껏 축하해주지 못하고 힘껏 응원해주지 못해 괴로워하고 있었습니다. 친구를 비롯한 다른 이들은 언제나 대단한 발자취를 남기는데 당신은 발자국 하나 나지 않는 늪을 걷는 것처럼 느껴졌기 때문이죠. 질투와 부러움과 열등감이 진창 뒤섞여 마음이 얼마나 산만하던지 당신의 옆에 있는 저도 충분히 괴로웠습니다. 결국 당신은 나를 끄집어내었죠. 모든 원인은 나라며 손가락질했습니다. 억울했어요. 나는 당신의 사소한 열정, 쓸모없는 논쟁, 불필요한 분노, 무용한 시간까지 사랑하는데 말입니다. 아세요? 필연적으로 나는 당신을 사랑하기 위해 태어난 존재입니다. 당신이 당신을 그대로 사랑하기 위한 수단으로 탄생했어요. 당신을 사랑해야 하는 이유 만 가지를 한 가지로 축약할 수 있는 단어일 뿐입니다. 당신 안에 내가 많아서, 높아서, 넓어서.

  왜 내게 집착하세요? 나는 편지를 쓰면서 마음을 다시 한 번 정리하였습니다. 나는 당신 안에서 사라지기 위하여 사는 것이라고요. 당신이 나를 떠올리지 않을 때 나는 어디서 살고 있을까요? 당신이 나를 부정할 때마다 내가 다시 살아나는 것 같아요. 나를 떠올리지 않고 행복할 줄 알면서 왜 나를 안고서 슬퍼지려고 하나요. 그럴 바엔 차라리 나를 버리는 게 나을 것이란 답을 제시하고 있는 거예요. 쉽사리 나를 버리기가 어렵다면 나를 채울 만한 일들을 만들어보십시오. 나를 떠올리지 않고 시간을 살 방법 말입니다. 운동을 하거나 책을 읽거나 넷플릭스를 보거나 다큐멘터리를 보거나 유튜브를 시청해요. 당신의 세계를 작은 믿음과 성공으로 채우고 확장해나가요. 확실한 건 나는 당신을 영원히 채울 수 없지만, 당신의 성과들은 당신을 채울 거예요. 당신을 보호할 것이고 당신을 단단하게 만들어줄 거예요.

나는 당신이 얼마나 유능한 사람인지 압니다. 당신의 마음, 이곳은 내가 머물렀던 어떤 자리보다 뜨거워요. 세상 알기를 멈추지 않고자 하는 마음은 다정하고 상냥하고요. 사랑은 존재해야 한다고 말하는 당신이 얼마나 낭만적인지요. 당신은 못 보았겠지만 나는 당신의 사소한 모든 점을 좋아해요. 당신이 완벽하지 않아서, 서툴러서, 부끄럼이 많아서, 쉽게 누군가를 사랑해서, 자주 후회해서, 선택을 잘 못해서 좋았습니다. 이젠 나와 헤어지길, 집착하지 않기를, 나를 재고 슬퍼하지 않기를 바라는 마음으로 편지를 보냅니다. 다시 한 번 말하지만, 난 당신을 더 수월하게 사랑하기 위해 태어났습니다.

잊지 마세요.

당신의 자존감으로부터.

정면으로
마주하는 이별

결, 마지막의 마지막 편지까지 썼지만 다시 펜을 든다.

'정말 그만둔다.' 이 말은 너한테만 통하지 않는 마법이
자 '언젠간 또 한다.'라는 주문이기도 하지. 엔딩 크레디트가
끝까지 올라가는 동안에도 쉽게 일어날 수 없었어. 겨우 몸
을 일으켜 영화관에서 나와 손을 씻으며 생각했지. 몸이 왜
이렇게 무거울까, 발꿈치가 왜 이렇게 아플까, 발목에 걸려
있는 느낌은 무엇일까. 물방울을 털어내며 생각했지. 서점
에 들러 책을 고르면서 생각했지. 늦은 밤에 머릿속에서 영
화를 복기하며 생각했지. 꿈에서도 생각했지. 왜 자꾸 몸이

무거울까. 다음 날 아침에 얼굴의 먼지를 털어내면서, 머리를 감으면서 이유를 알았다. 〈타오르는 여인의 초상〉이라는 제목 사이에, 장면 사이사이에, 엘로이즈의 눈동자 사이에 불쑥불쑥 떠오르는 너 때문이구나. 너를 어깨와 머리와 심장에 이고 그 영화를 봤구나.

'사랑이 끝난 뒤에도 사랑하는 내가.'

그 말로 편지의 끝을 맺었는데 다시 쓰고 있는 걸 보면 너를 영원히 내려놓진 못할 것 같다는 생각이 든다. 정말 우리와 아무런 접점이 없는 마리안느와 엘로이즈의 모닥불 같은 사랑을 보면서 어떤 시절의 너와 나를 떠올리는 걸 보면 이번 생은 정말 틀렸다. 옷을 벗고 모닥불 앞에서 젖은 몸을 말리는 마리안느의 모습에서 나는 자꾸만 수렁 속으로 빠지는 기분이 들었어. 건조하는 장면을 보며 젖어가는 마음이 든다는 것. 그게 결국 너 때문이라는 것. 영화의 전반부부터 마음이 타들어갔어.

아내 에우리디케가 뱀에 물려 죽자 오르페우스는 저승으로 가. 그가 특출나던 리라 연주로 저승의 신들을 감동시키고, 다시 지상으로 데려가도 좋다는 허락을 받았지만 '지상의 빛을 보기까지 뒤돌아보지 말라'는 신의 경고는 지키지 못했지. 지상의 빛이 당도할 때쯤 뒤를 돌아본 오르페우스는 그를 다시 잃게 돼. 아내는 다시 깊은 굴 속으로, 저승으로 빠져 들어가지. 간절함 끝에 만나도 영영 헤어지게 돼. 마리안느와 엘로이즈는 말해.

> "사랑하는 그녀를 선택하기보단 그녀와의 추억을 선택한 거야. 연인으로서의 선택한 게 아니라 음유시인으로서의 선택을 한 거지."
> "아마 에우리디케가 돌아보라고 말했을 거야."

"뒤돌아봐." 이 영화의 모든 순간을 관통하는 행동이자 대사야. 마리안느와 엘로이즈의 영영 이별 앞에서 엘로이즈의 대사는 "뒤돌아봐."거든. 뒤돌아보면 마리안느가 끝내 마주하고 싶지 않았던 웨딩드레스를 입은 엘로이즈가 보여. 마리안느는 그 모습을 물끄러미 바라보다 문을 나서지. 만약 마리안느가 그 순간 뒤를 돌아 엘로이즈의 손을 잡고 섬을 나왔다면 어땠을까. 나는 자꾸 뒤를 돌아보게 돼. 그들의 미래를 어떻게 해서든 각색하고 싶다. 나은 쪽으로, 더 미련이 덜 남는 쪽으로.

하지만 그런 말이 있지. 포기하는 용기, 뒤돌아보고도 나아가지 않는 용기. 그들은 정면으로 이별을 마주하고 사랑을 영원히 기억하게 돼. 나아가지 않고 눈빛을 나누며 서로에게 안녕을 고해. 그리고 후에 마리안느는 자신의 뜻으로 오르페우스 신화 장면을 해석해 그려. 원치 않은 이별이 아닌 이별을 정면으로 맞서면서 서로에게 완전한 이별을 고하는 모습으로. 마치 엘로이즈와 마리안느 두 사람처럼.

마주보는 이별, 뒤돌아봐도 다시 만날 수 없는 것. 우리의 이별은 정면에서 왔지만 사랑은 그 후에도 남아서 우리가 계속 서로를 돌아본 것처럼. 어떤 사랑은 기억하는 것으로 불멸을 얻게 된다는 말을 쓰고 싶다. 다시 시작하지 않아 영원하다고 믿고 싶다. 엘로이즈의 초상화에 숨겨진 28페이지가 증거일지도 모르지.

별처럼 수많은 사람들 그중에 그대를 만나
꿈을 꾸듯 서롤 알아보고
별처럼 수많은 사람들 그 중에 서로를 만나

영화를 보며 마음 안으로 되뇌던 노래 가사를 쓴다. 별처럼 수많은 사람들 그중에 그대를 만나 꿈을 꾸듯 서롤 알아보고, 주는 것만으로 벅찼던 내가 또 사랑을 받고, 그 모든 것은 기적이었음을 아니까.

결아, 사랑의 죽음은 무엇일까. 이별이 아니라 '잊는 것'이다. 모든 미련과 후회를 훌훌 털고 세월의 헝겊을 덧입을 때 사랑은 죽어. 우리는 헤어진 지 오래였지만, 아직도 사랑은 살아 있어. 뒤돌아보면 그 자리에 머물러 있지. 마리안느의 오르페우스 신화 그림처럼 너는 나의 열여덟에 선연하게 살아 있어. 과거는 지나간 시간이니 돌아보지 않겠다고 생각해왔지만, 오늘은 다시 과거를 정의해보려 해. 생생히 살아 있는 것, 그리고 영원히 내 곁에 사는 것. 그런 사랑이 있었다는 기적만으로, 그런 운명만으로 타오르는 불과 같이 살 수 있는 것이라고.

오픈
유니버시티

첫 출석 수업이었다. 한국방송통신대학교라면서 이름에 걸맞게 비대면으로 수업해도 되지 않느냐는 반발심이 속에서 들끓었다. 작년과 1학기까지만 해도 비대면 수업으로 강의를 들었다. 코로나 바이러스가 토착화 가능성을 인정받은 지금은 비대면으로 이뤄졌던 모든 것들이 대면으로 전환되고 있었고 대학교도 별반 다르지 않았다. 강의실은 한산했으나 소란스러웠다. 아주머니들의 수다 소리였다. 들어서자마자 아주머니 한 분이 내 옷소매를 잡았다.

"3학년이에요?"

방송통신대학교는 타과, 타학년 수강이 자유로웠다. 오늘 듣는 수업들도 다 3학년 수업이었다. 2학년이었으나 딱히 부연설명을 할 필요까진 없어 보여 고개를 끄덕였다.

　　"여기 연락처 쓰고 가요. 혹시 오늘 저녁에 시간 있어요?"

　　"…네."

　　"어머. 잘됐다. 오늘 강의 마치고 학우들이랑 이 교수님이랑 저녁 식사하기로 했는데 같이 할래요?"

　　첫 강의는 9시부터 12시까지, 다음 강의는 4시부터 7시까지였다. 강의도 강의지만 홀로 네 시간의 공백을 보내야 했는데, 수업이 끝나면 남는 체력이 없을 것 같았다. 처음 본 사람들과 저녁 식사를 하는 건 수영장에서 갖는 만남으로 충분했다. 고개를 가로저었다. 나는 가끔 친절한 사람들에 대해 면역력이 없는 것처럼 선을 그었다.

　　"전 괜찮을 것 같아요."

　　창가 쪽에 앉아 수업을 들었다. 근대화는 어떻고 영국은 이렇고 저렇고. 50분의 강의가 끝나자 아주머니 한 분이 박수를 크게 쳤다.

　　"간식 다 받으셨죠? 오늘 간식은 우리 대구 문화교양학과 3학년 학생회에서 준비해주셨어요. 맛있게 드시구요. 오늘 저녁에는 교수님과 식사 자리 마련했으니 웬만하면 참석하세요~"

아주머니들은 박수로 화답했다. 오순도순 정겨운 분위기였으나 적응하지 못한 건 나 한 명인 듯했다. 핸드폰을 보고 있으니 뒷자리에서 등을 톡톡 쳤다. 돌아보니 아주머니는 간식들이 빽빽하게 쌓인 지퍼 백을 내밀었다. 이거 먹으라고 말까지 덧붙이면서. 두유 한 팩과 오트밀 과자 대여섯 개, 쌀 과자 두 개, 피크닉 하나, 아이비까지. 쉬는 시간 내내 먹어도 다 못 먹을듯 싶었다. 감사 인사를 건넨 뒤 지퍼 백에서 피크닉을 꺼내 마셨다. 강의가 시작됐다.

첫 번째 수업이 끝나고 세 번째 강의 시간. 지루한 네 시간을 견디고 강의실로 돌아와 앉으니 지퍼백을 건넸던 뒷자리 아주머니가 물었다.

"어디 갔다 왔어요?"

"아, 저 두 번째 강의는 수강 신청 안 해서…."

"그렇구나. 이거 먹어요."

미니 단백질 바였다. 간식 꾸러미를 들고 다니시는 건가? 세 번째 강의는 첫 번째 강의 시간보다 더 화기애애했다. 아주머니들은 벌써 친한 친구가 된 듯 책상을 붙여 나란히 앉아 있었다. 그들은 누구보다 열정적으로 수업을 들었다. 교수님의 혼잣말 같은 질문에 꼬박꼬박 대답을 하기도 하고, 과제물 글자 수가 너무 많다며 줄여달라고 너스레를 떨기도 했다. 성실하고 당찬 아주머니들의 요구에 교수님은 이렇게 학구열이 높은 캠퍼스는 처음이라고 글자 수를 무려 200자나 줄여주었다. 나는 아주머니들의 학구열에 업혀가고 있는 셈이었다.

수업 중 교수님의 정년퇴직에 관한 얘기가 나왔다. 올해가 마지막이라고, 교수를 퇴직하면 성악가가 되고 싶었다며 운을 틔웠다. 아주머니들은 장난기 가득한 목소리로 또 입 맞춰 요구했다. 노래 한 곡 해달라고. 꺄르르꺄르르 웃으면서.

"그럼 한 곡 해볼까요?"

교수님은 첫사랑 얘기를 해달라는 사춘기 학생들의 요구에 응하는 교생 선생님처럼 말했다. 네, 네! 아주머니들 목소리는 천진했으며 꼭 병아리 말소리 같았다. 슈베르트의 가곡, 보리수를 불렀다. 아주머니들은 교수님의 노래에 흥얼거림으로 덧댔다. 기워지는 시간이었다. 단상에서 노래를 부르는 교수도, 눈을 감고 몸을 좌우로 흔들며 흥얼거리는 아주머니들도, 그 광경을 멀찌감치 떨어져 보고 있는 나도 반 안에서 촘촘히 꿰매져 한 시간으로 종속되는 기분이 들었다. 그들의 결속력의 기원이 궁금했다. 간식을 나눠먹는 여자들, 나이 많은 여자들, 배움을 시작하는 여자들, 너스레를 잘 떠는 여자들, 친절한 여자들. 여자들뿐이었다.

수영장에서도 비슷했다. 수영장 앞 정자에는 매일 아침마다 아주머니들로 바글바글했다. 그들은 디근자로 둘러앉아 락앤락 통을 돌려 안에 담긴 토마토를 한 알씩 빼먹기도 했으며 다같이 일어서서 무언가를 보고 있기도 했다. 수영하니까 너무 좋제? 물 안에서는 몸이 펄떡펄떡 날뛰는 것 같다. 맞다, 맞다. 호호호. 하하하.

배우고자 하는 욕망은 누구에게나 있었다. 나의 엄마 미령도 꾸준히 무언가를 하고 싶어 했다. 지금 하는 짬뽕집은 내 것이 아닌 것 같다며 자신은 기술을 배울 것이라고 줄곧 되뇌었다. 이런 거 배우면 좋겠다며 강의를 알아봐달라 부탁했다. 도예였다가 요가였다가 유리공예였다가 캔들 공예이기도 했다. 미령은 내게도 줄곧 말했다. 계속 배우라고, 네 것이 있어야 한다고. 그의 말을 들어보면 꼭 배움 안에는 자유가 보장되어 있는 것 같았다. 미령은 무엇이라도 배우면 날아갈 수 있는 것처럼 말했다.

슈베르트 가곡이 여상하게 불리는 강의실, 흩날리는 블라인드. 블라인드에는 학교명이 적혀 있었다. 한국방송통신대학교와 그 영어명 'Korea National OPEN University'가. 열린 대학교. 다시 강의실을 둘러봤다. 문을 연 총명한 여자들이 가득했다.

어떤 말은
영원한 용기가 된다

영영 잊지 못할 것 같은 친구가 있다. 그 애는 공부도 잘하고 성격도 시원시원했다. 말도 잘했고 꼼꼼하고 성실했다. 은 연중에 걔를 되게 좋아하고 동경했던 것 같다. 우린 노는 무리가 달라서 그냥 그런 같은 반 친구 중 하나였다가 학기 후 반부터 점점 친해졌는데 어느 날 갑자기 미술 시간에 걔가 말했다.

"가희야 나는 너한테 되게 고마운 게 있어. 다이어리 맨 뒷장에 고마운 사람 목록을 적어두는데 거기 네 이름이 있어. 난 매일 너한테 고마워하고 있어. 언젠간 갚을 거야."

의문이었다. 그냥 우리는 같은 반 친구였는데 뭐가 그렇게 고맙지? 이것저것 캐물었는데 말해주지 않았다. 1년 내내 모르고 지나갔다. 근데 시간이 흐를수록 그 애 말이 자꾸 생각난다. 내가 누군가에게 고마운 사람이 된 적 있었다는 게, 그 애의 다이어리 마지막 장에 이름이 적혔다는 게.

그 애가 고맙다고 느낄 정도로 무엇을 해주었는지 아직도 모르겠다. 고맙다는 인사가 이렇게 오래도록 마음에 남는 것이었나 간간히 생각한다. 내 인생이 쓸모없고 하찮고 외롭다는 생각이 들 때마다 그 애 생각을 한다. 그럼 인생이 조금이나마 가벼워진다. 타인에게 친절하고 다정하기가 어렵다는 생각이 들 때마다 그 애 생각을 한다. 그럼 조금이나마 더 좋은 사람이 되고 싶었다.

언젠가 다 갚는다는 게 이런 거구나. 나는 그 애를 떠올릴 때마다 조금 더 힘차고 다정하게 살고 싶어진다. 이미 다 갚았다고 말해주고 싶다.

나는 세상이 서러울 때마다, 슬픔이 체할 때마다, 기쁨이 멀어질 때마다, 외롭고 무너질 때마다, 반짝이는 것들이 흐릿해질 때마다 네 생각을 해.

어떤 말은 영원한 용기가 된다.

결국엔
걸어야만

모든 것은 500밀리미터 맥주 세 잔에서 시작되었다. 모처럼 모인 자리였다. K의 신경치료와 D의 한국사 시험이 동시에 끝난 날이었다. 금주 해제령이 내린 셈이다. 아무도 없는 술집 구석에서 마구잡이로 안주를 주문하기 시작했다. 충동이 해일처럼 이는 순간이었다. 취한 것 같지도 않고, 취한 것 같기도 하고… 끝내긴 아쉽고 그렇다고 한 잔 더 하자니 과할 것 같고. 시험으로 며칠 밤을 새 시종일관 피곤해하던 D를 배웅한 뒤 K와 놀이터에 주저앉았다. 바람이 불었는데 하나도 차갑지 않았다. 곧장 봄으로 실려갈 것 같은 바람이었다.

다음 행선지를 고민하다 K가 말했다. 여행 갈래? 아무데나.

봄으로 실려가진 못했어도 어지간히 충동에 약했다. 단번에 승낙했다. 놀이터 평상에 주저앉아 어디가 좋을까, 그때부턴 온갖 선택이 자신을 택하기를 기다리고 있었다. 자고 올 것인가, 밤을 새고 올 것인가, 잔다면 어디서 잘 것인가, 밤을 샌다면 어떻게 샐 것인가, 몇 시에 돌아올 것인가. 포항을 갈까, 경주를 갈까, 이왕이면 바다가 좋지 않을까? 산 근처에서 자란 아이들은 어른이 되어서도 바다가 목말랐다. 포항과 부산을 두고 고민하다 5분 간격으로 있는 부산행 기차 시간표를 보고 난 후 부산으로 정했다. 볼 빨간 사춘기를 이은 볼 빨간 취객들의 즉흥 여행이었다.

해운대 앞에 숙소를 잡았다. 아침이 되면 바다가 훤히 내려다 보일 만한 통창이 있어 서둘러 눈을 감았다. 내겐 바다를 창에 걸어두고 사는 삶에 대한 로망이 있다. 일출을 꼭 봐야지 생각하고 7시에 알람을 맞춰뒀는데 날이 너무 흐려 해가 뜨는 건 보지도 못했다. K와 나는 이제 어디를 갈 것인가를 놓고 아침부터 머리를 맞댔다. 국밥을 먹고 걸어서 광안리를 가자. 광안리까지는 4.5킬로미터 정도 됐다. K와 내가 평소 걷는 양을 생각하면 가볼 만한 거리였다. K와 시종일관 우리의 얼렁뚱땅 여행을 칭찬했다. 즉흥 여행치고 너무나도 순조롭다고.

아침 10시 30분이었는데 국밥집엔 사람이 바글바글했다. 부지런하기로는 둘째라면 서러운 사람들이었다. 여행에서도 다르지 않은 모습이었다. 속으로 내심 그들에게 물었다. 다들 어제 진탕 달리셨나요. 어딘지도 모르는 곳으로, 미지의 세계로…. 국밥을 한 술 뜬 어른들은 개운한 표정을 지었고, 아이들은 눈앞에 놓인 유튜브 영상에 집중하고 있었다. 엇비슷한 여행을 하고 있구나. 순대국밥을 먹고 나와 수평선과 나란히 걸었다. 에어팟을 한 쪽에 끼고 플레이리스트는 벅차오르는 K-pop 모음집으로. 바닷가 앞 공원에는 산책을 나온 개들이 많았다. 시종일관 웃고 있었다. 바닷가 근처에 사는 강아지들은 물을 무서워하진 않으려나. 우리 집 강아지는 덩치는 산만해도 물을 왕왕 무서워하는데. 여행지에서도 두고 온 얼굴들이 종종 생각이 났다.

생각지도 못하고 떠나온 여행이었기에 짐이 없었다. 나는 전자담배, 립밤, 에어팟, 빗, 충전기가 다였고 K 역시 에어팟과 지갑뿐이었다. 두 손이 자유로운 여행이 얼마 만이었지? 짐을 무겁게 가지고 다니는 나와 K에겐 신비로운 순간들이었다. 마치 걸어서 집에 갈 수 있을 것 같은 거리에 마실 나온 기분. 이런 여행을 종종 해야겠다고 목적지도 모르고 떠나는 여행의 맛이 이런 거냐고 K와 떠들었다. K를 처음 만난 열여덟의 날처럼 K-pop을 들으며 인도를 내달리고 유리창에 비치는 모습에 카메라를 꺼내들어 찍고 열심히 달리다가 주머니에 있던 소지품을 다 흘려버리기도 했다. 고개가 꺾일 정도로, 천공에 닿을 것 같이 솟은 마린 시티를 보고 입을 떡 벌렸다. 그래도 저기 살 수 있다고 하면 살아야지. 음, 그건 당연하지.

한 시간 십 분을 꼬박 걸으니 민락교가 나왔다. 민락교만 지나면 민락수변공원이 있었고 수변공원 옆에 광안리 해수욕장이 있었다. 얼굴로 곧장 바닷물이 튀는 줄 알았는데 수면을 보니 부슬비가 떨어지고 있었다. 방금 전까지 윤슬을 보고 사진을 찍고 있었는데. K에게 달려가며 찍힌 사진에선 입을 떡 벌리고 웃고 있었다. 바람 불어도 괜찮아용, 괜찮아용~ 동요를 부르고 있었다. 비가 내려도 괜찮아용, 괜찮아용. 그래, 네가 즐거우면 됐다. 그 순간 마음속에서 무언가 해소되는 것 같았다. 오래전부터 나를 웃겨주고 싶어 했던 내가 떠올랐기 때문이었다. 간밤에는 청춘은 바로 지금, 청바지를 외치며 잔을 맞댔는데 그 문구도 머릿속을 스쳐지나 갔다. 즐거우면 됐고 바람 불어도 괜찮은 지금의 우리가 너무 귀해진 순간이었다.

보슬비를 맞으며 걸으니 멀리서 광안대교가 보였다. 수변공원에 도착하니 사모예드 세 마리와 시바견이 설전을 펼치고 있었는데, 사실상 사모예드의 일방적인 구애에 가까웠다. 꼬리를 세차게 흔들며 입꼬리를 올려 분홍색 혀를 내밀며 웃고 있었다. 분홍색 혀가 빼꼼 나와 있었다. 시바견은 바닥에 몸을 딱 붙여 앞으로 나아가기를 거부하고 있었다. 얼마나 드세게 다리에 힘을 주고 있는지 하네스 위로 목살이 삐죽삐죽 튀어나왔다. 사람들이 옹기종기 모여 그 광경을 보고 웃었다. 어떤 이는 수변공원을 생각하면 그 장면을 떠올릴 것이다.

떠나기 전까진 탄력과 탈력을 헷갈려하며 지냈다. 탄력을 받아 앞으로 추진하는 힘을 얻으려고 했는데 자꾸만 탄력이 탈력처럼 자꾸 읽혀서였다. 전자는 팽팽하게 버티는 힘, 후자는 쑥 빠진 힘을 뜻했다. 팽팽하게 버티고 있는 현실의 고무줄을 누가 놓은 것처럼 주저앉았다. 무기력했다. 아침에 산책 나가는 것만으로 할 수 있는 최선을 다했다. 밤이 오면 백지 상태의 화면을 보고 좌절했고 새벽이 오면 내가 쓴 글의 문장이 죄다 무너져보였다. 자음 하나로 반대의 뜻을 지닌 단어를 보며 아득함을 느꼈다. 이미 미끄러진 리을(ㄹ)을 고정된 니은(ㄴ)으로 바꿀 수 있을까.

한번 미끄러진 굴곡을 바로 잡기 위해 발의 힘을 길러야겠다. 즉흥 여행치곤 괜찮다는 말을 자주 했지만, 계획된 여행이었어도 이만하면 준수했다. 이 여행이 내게 남긴 것은 분명했다. 바람이 불어도 괜찮다는 것, 즐거우면 됐다는 것, 그리고 꾸준히 걸어야 한다는 것. 걸을 때마다 장면이 바뀌니 자꾸만 걸을 수 있는 용기가 생겼다. 어느 삶의 모양처럼, 결국엔 걸어야만 삶의 풍경이 바뀐다.

구겨지지
않을 거야

별수 없이 구겨지는 날이 있지. 별수 없이 밟히는 날도 있고. 아등바등 더 나은 삶으로 가려고 해도 나는 고작 이것밖에 되지 않는다고 누군가 뼈저리게 말할 때도 있지. 어떤 상황이 나를 몰고 가기도 하고, 어떤 말들이 나를 밟아버리기도 하고 어떤 태도가 나를 구길 때가 있어. 한심하다거나 별 볼일 없다거나 비루하다거나 치졸하다거나 치사하다거나…. 내가 아는 나는 충분한 가능성이 있는데 사실 아주 실낱같은 것이라고 가능성의 문을 닫아버리는 말들 말이야.

10대엔 이 말들을 들어도 어쩔 줄 몰랐어. 누군가 구기는 대로 구겨졌고 밟히는 대로 밟혔고 찌르는 대로 찔렸어. 차라리 그게 낫다고 생각했어. 내가 아니라고 해도 들어주지 않을 걸 알았으니까. 절망이 반복되면 일상이 돼. 슬픔이 계속되면 습관이 되는 거고. 체념이 반복되면 삶이 되더라. 잘못이 아닌데 엎드린 날들이 많았어. 내 몸은 누군가의 발판이, 내 마음은 누군가의 도구가 되었지. 납작해질 대로 납작해져서 세상 모든 것이 나를 싫어한다고, 세상에 대한 짝사랑이 이토록 슬프다는 것을 자주 깨달았어. 가장 가까운 타인이 가장 낯선 적이 될 수 있다는 것도 알게 되었지. 20대를 건너온 지금 뭐가 다를까. 실은 아직도 대답을 못 해.

그럴 때마다 나는 웹툰 〈좋아하면 울리는〉에 나오는 조조의 말들을 떠올려. 너도 알고 있지. 구김 없다는 말을 좋아한다고. 그 대사를 읽어줄게.

'구김이 없으려면 연습이 좀 필요한데, 일단 마음속에 그림을 하나 그리는 거야. 내가 태어났을 때의 모습. 세상의 때가 아무것도 묻지 않고 순수한 원래의 나. 당당하고 깨끗한 마음의 나. 그런 거 있잖아. 밥 먹고 빈 그릇을 설거지통에 넣었을 뿐인데 고맙다고 말해주고 나에 대한 작은 칭찬들이 모여 나 자신에 대한 믿음이 생기고. 그렇게 자라서 어느새 고등학생이 된 그 모습이 '진짜 나'라고 믿어. 사람들이 와서 나에게 상처 주고 나를 구기고 발로 차고 그러면 내 모습이 일그러지잖아. 그러면 나는 자꾸만 펴는 거야. 나의 진짜 모습이 구겨지지 않게. 다른 사람들이 망가뜨린 모습으로 살지 않게. 원래 내가 되었어야 할 모습으로. '나는 구겨지지 않을 거야.'

아무 상처도 받지 않은 나, 아무 절망도 체념하지 않은 나, 아무 감정도 오독하지 않는 나. 조조의 말처럼 나도 모든 사건 이전의 나를 떠올리곤 해. 지금보다 더 나은 환경에서, 더 나은 자리에서, 더 나은 모습으로 사는 나는 어떨까. 아주 꼿꼿하고 빳빳한 삶을 살지 않을까. 더 이상 삶을 슬픔으로 읽지 않겠지. 슬픔을 습관처럼 생각하지 않겠지. 그런 다음 떠올리는 거야. 나는 태초의 내 영혼이 택한 최선의 선택이라고. 최선으로 온 영혼을 최고로 만들어줄 필요가 있다고 말이야.

나는 절망이, 시련이, 고난이, 불안이 나를 더 낫게 한다고 생각하지 않아. 나에 대한 객관성을 높여준다고 진짜 나를 직면하게 한다고 생각하지 않아. 나의 가능성을 보게 한다고 생각하지도 않지. 나는 희망을 희망할 거야. 그리고 자주 잊을 거야. 나를 몰아넣었던 사람들을, 나를 비참하게 했던 말들을, 나를 고독하게 했던 눈빛들을. 용서할 수는 없겠지만 잊을 수 있다고 희망을 품을 거야. 구김이야 지겠지만, 발자국이야 남겠지만. 곧 잊어버릴 거야.

난 내 사랑이 이기게 할 거야.
내 사랑에 네가 있게 할 거야.
나는, 그리고 너는.
우리는 한순간도 지지 않을 거야.

그대여
하늘을 봐

서울에서 대구로 내려와 지금까지 적응하기 쉽지 않은 것은 따뜻한 날씨입니다. 저는 원체 추위를 많이 탑니다. 유년부터 성인까지 자라온 환경 덕분인지 더위에는 내성이 생겨 곧잘 견뎌내곤 하지만, 추위 앞에선 입장이 달라져요. 전기장판을 가을의 말미부터 켜놓고 회사에서는 전용 담요와 난로와 부드러운 털로 무장되어 있는 실내화를 신고 다녔죠. 서울의 날선 추위와 달리 대구의 겨울은 패딩을 입어야 하는지, 벗어야 하는지 아리송하게 만드네요.

여름을 싫어하는 당신에게 미안하지만, 저에겐 여름만

큼이나 들뜨는 계절이 없습니다. 점성이 높은 사랑을 작정하고 관찰할 수 있기 때문이죠. 혀를 쭉 내밀고 헥헥 대는 강아지를 산책시키는 주인의 무감하면서도 다정한 얼굴, 나그네의 옷을 벗겼다고 악명 높은 햇볕 아래서도 떨어질 줄 모르는 연인의 손, 매미 소리에 맞춰 발을 구르며 공원길을 따라 걷는 사람들. 모든 게 여름철 사랑의 행위였습니다. 여름에 하는 산책은 저를 자꾸 어딘가로 데려갔습니다. 첫 눈을 애타게 기다리실 당신은 저의 모든 말이 이해되지 않으실 수도 있겠습니다.

돌아와 겨울을 얘기하자면, 겨울의 산책길에선 괜스레 하늘을 바라보게 됩니다. 하얀 입김이 하늘로 퍼져나가는 것을 구경하게 되고 미세먼지가 사그라든 하늘에 뜬 별과 조금 더 선명해진 달을 봐요. 여름이 길의 풍경을 관찰하기 좋은 계절이라면 겨울은 하늘의 풍경을 들여다보기 좋은 계절입니다.

당신이 머무는 곳에는 첫눈이 내렸나요? 피부에 닿자마자 녹아버리지만 왠지 '보송보송하다'는 말이 어울리는 새하얀 눈 말입니다. 괜스레 궁금해집니다. 우리는 같은 언어를 쓰고 같은 나라에 살고 있지만, 또 가끔은 다른 계절을 살기도 하니까요. 서울은 11월 말 즈음 첫눈이 내렸다고 하는데, 저는 아직까지 보지 못해 나의 첫눈은 내리지 않았다 생각하고 있습니다. 대구에서 첫눈을 볼 수 있을지는, 영 미지수입니다. 패딩조차 벗어야 할지 말지를 고민하게 만드는 도시니까요.

그렇게 반가운 첫눈들 중에서도 제가 근사한 눈으로 기억하는 건 대학동 고시촌에서 살 때 본 눈입니다. 퇴근하는 길, 신림역에 내려 도림천을 따라 걷고 있었습니다. 버스를 타면 5분 남짓한 거리였지만, 걸어서는 꼬박 20분이 꼬박 넘게 걸렸는데 그날은 유독 걷고 싶었어요. 변진섭의 노래를 들으며 한참 걷는데 눈이 내리기 시작했습니다. 그때만 해도 눈이 올 거라는 생각을 전혀 못해서인지, 처음엔 불쾌했습니다. 입고 있는 코트는 얇았고 로퍼를 신고 있었거든요. 곧장 추워질 거란 생각에 발걸음을 바삐 움직이는데 눈발은 더 굵어졌습니다. 말 그대로 함박눈이 펑펑 내렸어요. 발걸음을 늦출 수밖에 없었습니다. 마치 내가 스노우볼 안에서 눈을 맞는 피규어가 된 것만 같았습니다. 발라드는 청승맞고 코와 손과 발끝은 에이는데 눈은 아름답기만 했거든요. 눈은 걸음이 느린 사람처럼 아주 천천히 내리고 있었어요.

눈과 같이 천천히 걸었습니다. 집으로 돌아와 옷 위에 묻은 눈을 털면서 '겨울에 있구나'란 생각이 들었어요.

상경한 지 얼마 되지 않을 때여서 홀로 사는 게 익숙하지 않았던 시절이었습니다. 서울인지 대구인지 그저 사랑하는 사람들만 멀리 떠나보내고 도시에 남아 봄이 오든 여름이 오든 가을이 오든 살아내는 게 급급하던 때였죠. 그날 첫눈이 알려준 거예요. 지금이 겨울이라는 것을요. 도시의 바깥쪽 멀찍이 떨어져 있던 내 손을 잡고 도시의 중심부로 옮겨준 기분이 들었습니다. 아, 이게 겨울이지. 이게 첫눈이지. 한 해를 이렇게 보내고 첫눈을 맞이한 거구나. 안도감과 동시에 후회하기 시작했어요. 아, 조금 더 계절을 잘 보고 살걸. 겨울은 한 해의 마지막에 우두커니 서서 온몸으로 후회를 받아내는 계절이기도 했습니다.

후회들이 눈처럼 내리기 좋은 날이기도 해요. 한 해를 마무리하면서 애써 묻어두었던 일들이 스멀스멀 머리 위로 떠오르네요. 당신은 무엇을 후회하고 계신가요. 다신 볼 수 없는 사람에게 조금 더 잘해주지 못한 것을 후회할까요, 어느 한 시절도 충실하게 살지 못했다는 것을 후회할까요, 나에게 친절하지 못했다는 것을 후회할까요. 고백하지 못한 사랑을 후회할까요.

　당신이 부디 이번 해의 후회를 첫눈이 올 때까지 꼬박
꼬박 쌓아두었으면 좋겠습니다. 첫눈이 내린다면 함께 흘려
보내세요. 부디 다 떠나가기를, 다시 돌아오지 않기를, 다 녹
아버리기를.

　마침 이런 가사가 나오네요.

　그대여, 하늘을 봐.

오늘은 눈이 올까요.

내일은 눈이 올까요.

하늘을 물끄러미 바라보고 있습니다.

그리고 소원해요.

부디 우릴 괴롭게 한 모든 것을 잊게 하는 눈이 내리기를.

Part 2

사랑의
재해석

사랑이란 대사 없이도 사랑을 표현할 수 있어야 영화 아냐?

    영화 〈썸머 필름을 타고!〉에서 나온 대사입니다. '사랑한다'는 얘기만 몇십 번 반복하는 영화부 친구의 영화를 보고 나서 한 말이었죠. 주인공들이 '사랑한다'는 말 한 마디 주고받지 않는데도 꼭 이 영화의 주제는 '사랑'인 것 같다는 영화를 본 적 있습니다. 여름에 개봉한 영화 〈헤어질 결심〉입니다. 영화를 공동 집필한 정서경 작가는 인터뷰를 통해 말했습니다. "사랑이란 말 없이도 가장 근원적이고 원초적인 사랑을 보여주고 싶었다"고요. 작가는 사랑을 가장 잘 표현한 대사를 꼽아달란 질문에 '나는 붕괴됐다'는 해준의 대사를 말합니다. 자신이 중요하게 생각해왔던 윤리의식, 신념, 가치관이 무너져도 상대를 보호하고 지켜주는 것이 사랑이지 않느냐고 덧붙였지요. 사랑이란 대사 없이 사랑이 완성되는 순간이었습니다.

영화를 보고 나오면 왠지 모를 몽롱한 기분이 듭니다. 주인공이 살고 있는 도시에 들렀던 것만 같고, 그 사랑의 목격자였을 뿐인데 당사자가 된 것처럼 가슴이 저릿해질 때도 있고요. 〈헤어질 결심〉을 보고 난 후에는 도로에 낀 새벽안개가 무거웠습니다. 이포의 안개처럼요. 발밑에 서래를 두고 헤맸을 해준이 얼마나 많은 시간을 바다 앞에서 보냈을지, 해준에게 미완으로 남아 자신의 사랑을 완성하고자 한 서래는 얼마나 해준을 사랑했던 건지 궁금했기 때문이었어요. 세상에 존재하는 사랑의 한 조각을 또 알아간 듯했습니다. 어떤 완벽한 사랑의 모습을 따라하는 건 영원히 불가능한 일일지도 모릅니다. 불완전, 불균형, 미완성, 미결. 이러한 단어들 또한 사랑의 속성 중 하나겠지요. 서래가 했던 사랑처럼, 해준이 했던 사랑처럼 말이에요. 〈헤어질 결심〉을 두고 쓰고 싶은 문장은 하나였습니다.

　　'한 사람이 다른 사람을 사랑하는 것만큼 낭만적인 일은 없다.'

　　친구는 몇 해째 좋아하는 가수의 굿즈를 사 모으고 있습니다. 또 다른 친구는 소문난 연극과 뮤지컬 팬이고요. 한 친구는 야구장에 살다시피 해요. 친구들을 찬찬히 살펴보고 있으면, 또 서래와 해준을 본 뒤로는 자연스레 이런 생각이 들어요. 세상에는 참 사랑이 많다는 것, 사랑의 이름도 형태도 태도도 방식도 다양하고 다르다는 것을요. 무엇 하나 같지 않아서 어디선가 들었던 이 말의 뜻도 알 수 있었습니다.

　　'사랑을 많이 받았어도 너한테 받는 사랑은 처음이라 다르다.'

　　해준 또한 서래에게 받는 사랑은 처음이라 서래로 인해 붕괴되어버린 것이겠죠. '최초'는 모든 일의 기준선을 낮추고 쉽게 만들어버리니까요. 집착과 집념이 뭉쳐진, 어느 더

위에도 절대 녹지 않고 어느 추위에도 절대 굳지 않을 서래의 사랑 말입니다.

다른 사람을 사랑하는 일.

우리는 언제나 누군가에게 실망할 수 있습니다. 그가 내가 생각했던 것만큼이나 완벽하고 완전하지 않을 수 있으니까요. 다만 그가 나에게 어떤 빛줄기가 되었다는 이유로, 약간의 즐거움과 기쁨을 주었단 이유로 그가 만든 환상까지 사랑한 적이 있었습니다. 세상에 사랑할 것이 얼마나 많은데 또 다시 사람을 사랑한다는 게 이해되지 않다가도 이해되었어요. 사랑의 낭만적인 순간들을 보았기 때문입니다. 실패의 확률을 지워버리고 사랑으로 달려드는 용감한 순간, 사랑하는 사람 앞에서 무모해지는 순간, 떠나기로 결심한 순간, 미완을 두려워하지 않는 순간. 서래와 해준의 모든 순간.

이 사랑을 목도하니 어쩐지, 저는 사랑과 영영 헤어지지 못할 것 같습니다.

헤어질 결심만 무수히 반복하면서요.

꿈으로 데려가고
싶은 사람

하루의 끝에서 괜히 새벽 끝을 쥐고 있게 될 때, 온몸을 짓누르는 듯한 거대하고 아름다운 풍경을 마주할 때, 내가 느낀 밤을 나누고 싶을 때마다 생각해. 너를 꿈으로 데려가고 싶다고. 시간과 공간의 제약 없이 뛰노는 상상을 하면서.

　너를 꿈으로 데려간다면 뭘 하는 게 좋을까. 우선 네가 앉을 자리부터 데울게. 몸이 차면 금방 일어서고 싶을 테니까. 다음은 너를 앉히고 괜히 아는 척 차를 종류별로 꺼내 무엇을 마실 거냐고 물어볼거야. 로즈메리, 잉글리시브랙퍼스트, 페퍼민트, 캐모마일, 히비스커스…. 이 차는 위장에 좋고

이 차는 두통에 좋고. 차의 효능을 설명하는 것으로 운을 띄우는 거지. 차를 내리는 동안은 오늘 하루에 대해 물어보고 싶다. 우리가 봤던 거리의 장면들 중 어느 것이 가장 좋았는지, 함께 여행하는 일이 피곤하지는 않았는지, 간밤에는 어떤 꿈을 꿨는지, 그 꿈에서도 우리는 계속 함께였는지.

내 꿈에서 너는 어떤 표정을 지을까. 너를 괴롭게 하는 사람과 외롭게 하는 사람은 모두 사라진 공간에서, 오직 우리 둘만 있는 곳에서 너는 어떤 이야기로 말을 이을지 궁금해. 네가 그랬었잖아. 내일이 오는 게 꿈이었으면 좋겠다고. 내일이 오는 걸 막을 수 없으니까 너를 내 꿈으로 데려가는 상상을 하는 거야. 내가 만든 꿈자리에서 우리는 전혀 괴롭지 않거든. 몸을 데우고 차를 마신 우리는 어떤 대화를 나눌까. 가고 싶은 여행지에 대해 대화를 나눌까. 네가 도망치고 싶어 할수록 나는 내 꿈을 너에게 내주는 생각에 빠져.

정호승 시인의 시「산산조각」을 읽어주고 싶어.

이전에는 '산산조각이 나면/산산조각을 얻을 수 있지/산산조각이 나면/산산조각으로 살아갈 수가 있지'라는 문장만 눈에 들어왔는데 요즘에는 '그때 늘 부서지지 않으려고 노력하는'이 마음에 쿡 박혀. 네가 생각나서였을지도 몰라.

내가 없는 삶에서 고군분투하는 너, 비참한 너를 이겨보려고 하는 너, 누군가와 꾸준히 맞부딪히고 또 누군가에게 사과를 하는 너, 치욕을 견디는 너, 그늘을 피하지 못한 너, 도망치지 않는 너.

산산조각을 얻었다고 산산조각으로 살아보자고 말을 하는 것조차 미안해서, 현실에서 나는 네 하루에서 할 수 있는 게 아무것도 없어서 다짐하곤 해. 차를 마시고 따끈한 몸을 한 너를 푹재울 거야. 네가 자는 동안은 부서지지 않으려고 노력했던 너의 마음을 쓰다듬을 거야. 자고 일어난 네가 산산조각이어도 살 수 있다고 생각할 수 있게. 팔은 팔대로 다리는 다리대로 목은 목대로 발가락은 발가락대로라도 살아갈 수 있게. 여러 모습의 네가 너대로 살아갈 수 있게. 네 머리를 쓰다듬으면서 주문을 걸 거야. 어느 순간도 필요 없지 않았다고.

다정한 것이
살아남는다

다정한 것이 살아남는대. 지겹도록 같은 하루와 더 이상 현실에 내게 더 좋은 경우의 수가 없다는 것을 깨달았을 때, 이 책을 읽었어. 환경에 잘 적응한 생물이 살아남아 진화하는 적자생존이 아니라, 진화는 다정함을 무기 삼아 번성해온다는 거야. 예를 들어 멸종 위기에 처한 늑대와 달리 같은 조상에서 갈라진 개는 어떻게 개체 수를 늘려갈 수 있었을까? 또, 기술 좋은 사냥꾼이나 신체적으로도 우월했던 네안데르탈인이 아닌 호모 사피엔스가 끝까지 생존할 수 있었던 이유는 무엇일까? 이 책에선 말하고 있어. 진화의 승자는 최

적자가 아니라 다정한 자였다고. 친화력이 좋은 다정한 이들이 오래 살아남았다는 거야. 역사는 우리에게 오래전부터 힌트를 주고 있었을지도 모르지. 다정한 것이 살아남으니, 네가 가진 다정을 최대한 잃지 않고 살라고. 외면하지 말고, 돌아서지 말고, 언제나 넉넉한 품을 준비해두라고.

누군가 새벽이 괴롭다고 할 때마다 자주 하던 말이 있어. 새벽에 자주 깨 있지 마. 새벽이 얼마나 위험한 시간인지, 얼마나 많은 충동과 후회를 일으키는 시간인지 잘 알고 있기 때문이야. 내가 '새벽 감성' 맹신자이기 때문일지도 모르지. 새벽의 감성을 믿는다는 게 아니라 새벽이 감정을 일으키는 시간대라는 것을 믿는다는 뜻이거든. 충동적으로 헤어진 연인의 SNS를 찾아보고 생각보다 잘 살고 있는 모습에 절망한다거나 내가 가진 현실의 경우의 수가 이것뿐이라는 걸 깨닫고 슬퍼한다거나. 차마 쓸 수 없는 역사들이 새벽에 탄생했었어. 그럼 또 절망하는 거지. 아, 왜 나는 왜 이렇게 현명하지 못한가. 또 분노하고, 슬퍼하고, 절망하고.

이런 생각을 하기도 해. 새벽의 뜻이 어쩌면 새로운 벽을 쌓는다는 건 아닐까. 새벽마다 새로 쌓는 벽이 많아서 우리는 우리 자신과도 타인과도 가까워지지 못하고 멀찍이 주위를 맴도는 건 아닐까. 누구와도 친해지지 않고 가까워지지 못한 상태로 시간 속을 부유하는 게 아닐까. 새벽은 남겨진 자들의 시간이야. 지나간 일들을 돌아보고, 헤집고, 그 안에서 조금이나마 긍정적인 요소를 찾아 위안 삼고, 그런 자신의 모습에 다시 무너지고.

우릴 떠나간 이들은 잘 자고 있을까?

그거 아니. 다정한 이들만이 살아남았다고 해도 그 친화력에는 어두운 면이 존재한대. 우리가 아끼는 무리가 다른 무리에게 위협을 받는다고 느낄 때, 위협이 되는 무리를 우리의 정신 신경망에서 제거할 능력도 있다는 거야. 그들을 인간이 아닌 존재로 여겨버리는 거지. 연민하고 공감하던 감정은 사라지고 아무것도 남지 않은 채로. 공감하지 않으니까 외부인을 우리와 같은 사람으로 보지 않고, 그들에게 얼마든지 잔인해질 수 있대. 우리는 지구상에서 가장 관용적인 동시에 가장 무자비한 종이라는 거야.

나는 새벽에 자주 깨어 있으니까 이 말이 곧 외부인만을 뜻하는 게 아닐 거란 생각도 들어. 내부에 있는 나의 외부인이 있잖아. 나를 자꾸만 위협에 빠뜨리는, 생각하는 나와 달리 조금 더 어리고 철없이 행동하는 나. 차마 쓸 수 없는 역사를 쓴 나, 자꾸 미워하게 되는 나. 사는 동안 나에게 아무리 다정해도 과거의 나에게 더 다정하지 못하면, 나는 얼마든지 잔인할 수 있다고 읽혔어. 살아남기 위해서라도 너에게 다정하기를 게을리하지 않았으면 좋겠다.

잘 자야 돼. 잘 자고 잘 먹고 잘 살아야 해. 꾸준히 기록도 해봐야 해. 어떤 일이 있었고 어떤 생각을 하였으며, 어떤 시간을 결국 이겨냈는지. 내가 꿈을 꾸는 동안 어떤 이들은 꿈을 이룬다고 하는 관용어를… 나는 제일 싫어해. 잘 자는 것으로 만족하면 어떠니. 좋은 꿈을 꾸는 게 삶의 목적이 된다면, 밤이 두렵지 않고 새벽이 가볍고 아침이 기쁘지 않을까? 괴로운 시절이 줄어들 거야.

아침이 온다.
새벽을 가로지르고 좋은 꿈꿨길 바라.
다정한 하루 보내.

널 생각하면
강해져

은이에게.

　연락이 안 되네. 요즘은 네가 뭐하고 지내는지 정말 궁금해. 야구를 보러 가는 것도 아니고 SNS를 활발히 하는 것도 아니고 친구들을 만나는 것도 아니고…. 더위가 사람 여럿 죽인다 말들 하지만, 은이 너에겐 유달리 가혹한 더위였지. 너는 더위를 많이 타니까. 학교 다닐 때도 그랬잖아. 여름날, 체육시간만 되면 자리에 늘어져 엎드려 있는 너를 일으켜 운동장을 데리고 나갔던 게 내 몫이었다는 것이 기억나. 쌩쌩한 너를 볼 수 있던 때는 저녁 바람이 불어오기 시작할 때, 석식을 먹고 야간 자율학습을 시작하기 전 텅 빈 교실에서 우리끼리 음악을 틀며 아이돌들의 춤을 따라 출 때였어. 블루투스 스피커를 손에 들고 블랙 아이드 피스의 '붐붐파우'를 시작으로 샤이니의 '셜록', 틴탑의 '박수', 유키스의 '만만하니', 투애니원의 '고 어웨이'···. 체육복 바지를 입은 채 바닥을 쓸고 다녔었잖아. 한참 진을 뺀 후 야자 시간 시작종이 울리면 또 자리로 가서 잠에 들고. 학교를 춤추기 위해다닌다고 해도 과언이 아니었어. 오늘은 어떤 노래를 틀까, 오늘은 무슨 춤을 출까, 오늘 스피커 당번은 누구야. 어설프지만 힘껏 자유로웠던 때이기도 했어.

그때 우리가 췄던 춤을 아직도 추곤 하지 않니. 너와 노래방을 간 게 몇 달 전이더라. 노래방을 가자고 전화하면 너는 솔깃하다가도 고개를 저을 거야. 부쩍 일어나기 힘들어하는 너를 떠올리면 내가 사랑하는 여름이고 뭐고 빨리 끝났으면 하는 마음이 커. 그래도 다행이지. 며칠 후면 처서래. 곧 가을이 올 거야.

은아, 네가 얼굴을 비추지 않는 동안 소녀시대가 컴백한 건 아니? 내 유튜브 타임라인엔 죄다 소녀시대 관련 영상들만 떠 있어. 뮤직비디오, 뮤직비디오 리액션 영상, 개인별 직캠, 8K 직캠, 평소엔 들여다보지도 않는 예능 프로까지. 알고리듬은 내가 소녀시대 영상을 착실히 찾아보고 있다는 걸 아나 봐. 새로운 영상이라고 피드에 떠도 이미 봤던 것들이라 신기하기도 해. 은아, 기억나니? 토요일 수업이 끝난 후에 너랑 나랑 한 손에 컵 떡볶이를 들고 부리나케 우리 집으로 달려왔던 거. 티비 앞에서 음악방송을 보면서 손과 발을 흔들었던 때, 그 티비 화면에 제복을 입은 소녀시대가 나왔었는데. 신기하지.

널 생각하면 강해져.

신곡 가사 중 하나야. 멤버 중 써니가 불렀는데… 불렀다는 말보다는 '말했다'라고 말하는 게 맞는 것 같아. 음만 붙였을 뿐이지, 수신인이 분명한 '말'이니까. 소녀시대가 벌써 데뷔 15주년이래. 너랑 내가 소녀시대 노래에 맞춰서 춤을 췄던 것도 이제는 10년이 더 된 이야기라는 게, 가끔은 시간이 얼마나 빠른 건지 가늠도 안 되다가 이럴 땐 시간이 손에 잡히는 것 같다. 우리가 오랜 시간을 함께했구나. 보이지도 않을 것 같던 10년을, 그 이상을 같이 있었구나. 널 생각하면 강해진다는 말. 나는 이게 무슨 말인지 알 것 같아. 네 얼굴이 떠올랐거든. 설령 네가 연락이 되지 않아도, 네가 잠시나마 우리 곁을 떠나 있어도, 난 네 얼굴만 떠올리면 강해지곤해. 내가 기억하지 못하는 지난 15년을 너는 기억하기 때문이지. 네가 기억하지 못하는 과거를 내가 알고 있는 것과 같아. 나의 과거를 함께 기억해주는 사람이 있다는 것, 그 사람이 멀어지지 않았다는 것, 아직 존재한다는 것.

책상에서 너를 일으켜 같이 식당으로 향했던 점심시간, 담을 넘어 떡볶이를 먹으러 갔던 석식 시간, 게임을 하다가 감독 선생님한테 걸려 된통 혼났던 야자 시간, 시시콜콜 중요하지도 않은 말들을 귓가에 소곤소곤 속삭였던 쉬는 시간, 쪽지를 주고받던 수업 시간, 뛰어 놀다 넘어져도 아프지 않았던 날들을 기억해.

은아, 네가 연락이 되고 되지 않고는 사실… 큰 문제는 아니야. 중요한 건 네가 어디에든 '있다'는 것이지. 소녀시대가 지금도 있고, 앞으로도 있고, 영원히 있는 것처럼. 누군가 살아 있다는 이유만으로 든든해질 때가 있어. 온통 흐리멍덩하게 살아도 너를 떠올릴 때마다 나는 조금씩 선명해지고 또렷해지기도 해. 가사에는 이런 말도 있거든.

다시는 아파하지 마 너의 마음을 우린 다 알아 다 알
아 내 곁에 있어 줘.

잘 있기만 해. 어느 시대가 지나도, 흘러도, 와도, 우리가
함께 있다는 것만큼 중요한 건 없을 거야. 난 널 생각하면 강
해지니까. 너도 그러길 바라니까.

사랑을
체념하지 않고서

오늘은 근 1년 만에 따뜻한 아메리카노를 사 마셨습니다. 발끝을 에는 가을바람 때문인지 온몸에 한기가 들었어요. 연기가 올라오는 머그잔을 손에 들고 생각했습니다. 예전에는 추위도 얼음을 씹어 삼킬 수 있었는데, 요즘은 더위든 추위든 부쩍 약해진 것을 느낍니다. 변한 체질 때문일지도 모르겠어요.

근래에 들어 '적당히'라는 말을 이따금 떠올리고 있습니다. 적당한 더위, 적당한 추위, 적당한 바람, 적당한 온도, 적당한 관계. 무엇이든 마음대로 되지 않을 때 '적당의 기준'을 자주 생각하게 됩니다. 적당히 사랑하거나 적당히 정리하면 좋겠는데 내가 생각한 기준 이상으로 한 사람을 사랑하거나 미워한 경우도 있었죠. 상대의 마음을 가늠한 것만큼이나 어려운 게 내 마음을 정돈하는 일인 것 같습니다.

가을바람이 세찰수록, 차가울수록 사랑에 관한 이야기를 많이 들어요. 한 사람을 떠나보내는 법, 새로운 사람을 만나는 법, 내 마음을 정리하는 법 같은 것들이죠. 어떤 때는 모른다고 모른 체하고 싶지만 쉽진 않습니다. 질문을 하는 사람도 찾다가 헤매다가 저한테까지 왔을 테니까요. 모든 사랑과 모든 이별과 모든 관계에 덤덤히 지나가기 어려운 계절입니다. 바람이 찬 것인데 마음이 꼭 찬 것처럼 한기가 들고, 떨어지는 나뭇잎에 쓸쓸해지기도 하고요. 체념해야 하지만 아쉬운 것들이 죽죽 떠오르고 나를 탓하게 됩니다. 난 왜 뒷일을 생각하지도 않고 사랑했나, 난 왜 내 모든 것들 줘버렸나, 난 왜 빈자리를 생각하지 않았나, 난 왜 항상 무모했나. 그럼 또 다시 '적당한 사랑'을 생각하게 되죠. 며칠 전에 쓴 서래와 해준이 했던 사랑과 나의 사랑은 결이 달라 보였습니다. 해준이 했던 말처럼 저 역시 사랑으로 인해 내가 붕괴된 것만 같은 적 있었으니 비슷할지도 모르겠네요.

장강명 작가의 소설『그믐, 또는 당신이 세계를 기억하는 방식』(문학동네, 2015)에는 유명한 문장이 있습니다.

> "너를 만나기 위해 이 모든 일을 다시 겪으라면, 나는 그렇게 할 거야."

저를, 제가 생각한 사랑을 파괴한 문장이기도 합니다. 모든 일을 겪고 싶지 않아서 방황했었는데 이 모든 일을 다시 겪는다니요. 한동안은 내가 아는 사랑과 남들이 하는 사랑이 다른 것처럼 느껴졌었습니다. 사랑이 주는 고통, 슬픔, 우울, 절망을 다 알고도 다시 한다니. 사랑을 체념하지 않는다니. 오히려 사랑하기 위해 절망을 체념하다니. 서래와 해준의 사랑을 보았을 때와 같은 충격이었습니다. 사랑을 관통한 문장 같았어요.

내가 한 사랑이 부질없어 보일 때마다 이 문장을 떠올리곤 합니다. 사랑은 정확히 이것이다 정의할 수 없어도, 모든 일을 겪어도 다시 하겠다고 결심하는 사랑을 해보고 싶어서요. 체념과 맞서겠다는 의미이기도 합니다. 나를 포기하게 만드는 것들, 나를 돌아보게 만드는 것들을 직시하는 연습이 돼요. 다시 겪는다고 해도 나는 그렇게 하겠다고. 그래도 재밌었노라고, 다시 돌아가도 내가 실패한 일들을 다시 사랑하겠노라고.

사람이 반쯤 성장하는 시기는 사랑을 실패했을 때라고 하던데, 모든 사랑은 성공보다는 사실 실패에 가깝습니다. 사랑의 목적지는 저마다 다르고 성공의 기준도 다르니까요. 조금이라도 나와 안 맞으면 이 사랑은 실패라고 명명해버리는 사람이 있고, 결혼을 하면 이 사랑이 성공이라고 지칭하는 사람도 있습니다. 어떤 사랑이 더 좋은 것인지 정의할 수 없지만, 저는 이따금 다짐하고는 해요. 사랑을 실패할지언정 사랑을 다시 해보겠다고 사랑을 믿어볼 때, 사랑하며 살아갈 때 나는 자랄 수 있다고 말이죠. 모든 일을 겪었음에도 나는 다시 돌아갈 수 있다고 말할 때, 더 깊은 사랑을 할 수 있다고 말입니다.

헤어진 적 없어도
헤어진 당신에게

당신을 생각하면 어디서부터 써야 할지 언제나 망설여집니다. 한 번도 가보지 않은 샌프란시스코의 골목길을 생각하는 것, 사막의 생태계를 떠올리는 것, 달 표면 크레이터의 크기를 두 팔 벌려 가늠하는 것처럼 아득해져요. 제가 이토록 떠올리기 어려운 당신은 미래 나의 애인입니다. 우리가 차마 만날 수 있을 거란 상상조차 어렵습니다. 얼마나 원만하게 사랑을 할 수 있을지도 모르겠어요. 여태껏 해왔던 연애처럼 만나고 싸우겠죠. 별것도 아닌 일로 며칠씩 토라질 거고 남들은 평범하게 보낼 요일에 함께 초를 불기도 하면서요. 또, 당연한 사랑의 수순처럼 이별도 하겠죠. 제가 가정하는 상황은 우리가 이별한 직후입니다. 이건 제목처럼, 헤어진 적 없어도 이미 헤어진 당신에게 보내는 편지입니다.

아름다운 여러 가정법들을 두고 왜 하필 이별 직후일까요? 첫째로 갓 시작한 연인의 모습은 떠올리기 어렵다는 이유였습니다. 특히 제 모습이 말이죠. 너무… 뭐라고 할까요. 느끼합니다. 지금보다 더요. 저는 어느 관계를 시작할 때면 누군가의 웃음꾼이 되기를 자처하는 쪽입니다. 함께 우는 것도 좋지만 웃을 수 있다면 혼자 웃는 것도 나쁘지 않다고 생각하는 쪽이에요. 어디서 배워온 유머를 당신에게 가장 먼저 사용해보겠죠. 웃긴 사진을 보여주면서, 온갖 말에 밈을 갖다 붙이면서 당신의 미동도 않는 입가를 끌어올리려고 애를 쓸 테고요. 당신을 웃기는 데에 진을 빼고 말 겁니다. 왠지 이 편지가 웃기는 편지가 된다면 온종일 웃기기만 하는 건 눕고자 하는 당신을 억지로 일으키는 것에 불과할 것 같아, 갓 시작한 우리라는 전제는 첫 번째로 지웠습니다.

둘째로 안정기에 접어든 연인의 모습을 떠올리는 것 또한 어렵습니다. "사랑에 있어 '안정기'라는 단어가 가당키나 할까?"라는 질문에 대답하지 못했기 때문입니다. 당신은 사랑을 할 때 '안정기'가 유효한 감정과 감각과 시점이라 믿나요? 당신이 가정하는 안정기는 무엇인가요? 회신을 기대하긴 어려우니 제가 대충 상상해본 안정기에 대해 써보겠습니다. 영화나 드라마에서 보면 꼭 '안정기의 연인'은 대체로 서로에게 무감하고 무심합니다. 머리를 자르든, 염색을 하든, 안경테를 바꾸든, 잠옷을 새로 사든, 팔 한쪽에 작은 타투를 새기든. 남도 그렇게는 하기 어려울 정도로 서로의 외적 변화에 큰 관심이 없어요. 내적 변화도 마찬가지죠. 사회적 합의에 따라 이 모든 것을 권태기라고 부르기로 하였지만, 권태기 직전의 연인들을 보면 대부분 안정기에 도달한 이후입니다.

한편으론 안정기라는 것이 꼭 열반에 도달한 것처럼 느껴질 때도 있습니다. '서로를 믿는 것'이라는 믿음에 도달한 상태이니까요. 어디에 있든, 무얼 하든, 오래 연락이 되지 않더라도 큰 의심과 불안 없이 상대를 기다리는 것. 허튼 짓은 절대 하지 않을 거라 믿는 것. 내가 보는 당신만이 당신의 모든 것이라 믿는 것. 한 인간의 전부를 알고 있다고, 알 수 있다고 믿는 것이 저에겐 불가능의 영역에 가깝기 때문입니다. 제가 미디어를 통해 극적인 사랑만을 봐왔기 때문에, 안정기의 연인은 제게 표본이 적어서 더욱 그럴 거예요. 그러니 두 번째로 지웠습니다.

그러다 보니, 헤어진 직후의 우리들입니다. 톨스토이가 쓴 『안나 카레니나』의 첫 문장, "행복한 가정은 서로 닮았지만 불행한 가정은 모두 저마다의 이유로 불행하다."처럼 행복한 연인의 모습은 쉽게 떠올리기 쉬우나 이별한 연인은 저마다의 이유를 품고 있을 테니까요. 우리는 어쩌다 헤어졌을까요. 중첩된 우연의 사건과 애정이 더는 연료로 쓰이지 못했던 걸까요? 단순히 당신을 사랑하고 제가 당신을 사랑한다는 것만으로는 이어나가기가 부족했을까요? 어떠한 노력이 더 필요했을까요. 무엇이 됐든 모든 사랑의 방법을 시도해본 다음 헤어졌으면 좋겠습니다(제가 지금 사랑을 하지 않는 이유가 있다면, 이렇게 가정하는 것조차 버거운데 과연 이별은 잘 마무리할 수 있을까 걱정이 되어서예요. 아시다시피, 저는 작은 것에 열광하고 쉽게 사랑에 빠지고 사랑에 빠지면 그때부터 차곡차곡 우리를 걱정하는 편입니다. 당신의 지지대가 되기는커녕 당신이 만든 그늘에, 기둥에 몸의 무게를 다 쏟아 기대어버리기도 하겠죠. 이 사실에 당신은 질릴 수도 있겠습니다).

더 격정적인 모습이었으면 좋았을 텐데. 상상해본 우리

가 육성으로 이별을 얘기하는 순간은 그냥 그저 그런 모습입니다. 영영 안 볼 사람들이지만 곧장 내일이라도 볼 것처럼 내뱉겠죠. 매일 하던 인사인 '잘 가고 도착하면 연락해.'에서 뒷 문장이 반토막 잘린 것뿐입니다. 조금 더 다른 의미의 잘 가, 잘 가, 잘 가.

이별을 밤새 생각하고 보니 각종 이별이 죽죽 떠오릅니다. 늘 잘 보고 있다고 말해주던 이의 언팔로를 알게 된 것(내가 뭘 잘못했을까 떠올리느라 밤을 새기도 했습니다.), 친하다 믿었던 친구에게 내 핸드폰 번호조차 없었던 것(이별로 발전하진 않았지만), 여름을 같이 보내고 겨울에 헤어진 연인도 아닌 친구도 아닌 어떤 이까지. 생각하고 보면 이렇게 많은 이별을 겪고도 여전히 잘 먹고 잘 살아 있음이 놀랍습니다. 그러니 부탁합니다. 우리가 설령 헤어지더라도 밥 먹는 것을, 잘 자는 것을, 떠나는 것을, 돌아오는 것을, 미워하는 것과 좋아하는 것을, 기뻐하는 것과 슬퍼하는 것을 잊지 마세요. 모든 이별 후에도 당신이 살아 있는 것을 다행으로 여기고 경이로워 했으면 해요. 고통으로부터 이토록 자유로워질 수도 있다는 것을 경험했으면 해요. 어렵겠지만, 너무 마음 쓰진 않았으면 해요.

혹여나 늦은 밤 걸려온 제 전화는 당연히 받지 마시고요. 메신저는 일찍이 차단해주세요. 아주 만약 당신에게 별의별 짓을 다해 연락한다면 '우리 연애가 이렇게 재밌었구나.' 생각해주시길 바랍니다. 당신의 시간에 너무 깊게 침투한 나머지 제 시간을 사는 법을 잊었겠거니, 뭐 그렇게요. 미리 참회하고 사과합니다.

이별을 떠올리는데 사랑을 하고 싶어지는 건 왜일까요? 아득한 당신이 한 뼘 가까워졌다고 느끼는 건 무슨 이유일까요. 당신과 헤어지는 그날까지, 저는 당신만을 위한 느끼한 눈과 말을, 당신만을 위한 유머를 챙겨오겠습니다. 이 모든 것을 넉넉히 받아줄 준비만 해주세요. 우리가 헤어지긴 해도, 우리는 재밌었을 거예요. 그것만큼은 보장하겠습니다. 그때까지 꼭 건강하세요.

사랑은
타이밍

사랑은 타이밍일까요? 질문을 받고 꾸준히 생각했습니다. 과연 타이밍이라는 것이 사랑에 있어 설명되는 단어인 건지, 그렇다면 세상의 모든 것은 타이밍이 맞아 이루어지는 것인지 고민하면서 산책을 했어요. 확실한 것은 수많은 선택과 결정으로 삶이 이루어져 있다는 것이겠지요. 타이밍과 사랑을 같이 쓰면 왠지 모르게 비참한 그림이 그려졌습니다. 자음이 겹쳐지는 것이 하나도 없는 것처럼, 붙어 있으면 살고 흩어지면 죽는 어느 동물의 무리와도 같다 해야 할까요. 어느 시에는 '때를 놓친 사랑은 재난일 뿐'이라는 문장도

있었습니다.

　재난. 말 그대로 재난입니다. 누군가의 시간과 나의 시간이 맞지 않는다는 것은 받아들이기 어렵기만 하죠. 고작 그정도인 사랑임을 인정하는 게 왜 그렇게 어려운 일인가 싶다가도, 기억하는 일은 무엇보다 고되다는 것을 알게 됩니다. 지나간 사랑을 잘 기억하는 이는 미련이 많은 쪽이 아닐까… 생각하고 있습니다. 일전에 보낸 것과 같이 겨울은 후회하기 좋은 계절입니다. 눈이 오기 전까진 후회를 켜켜이 쌓아두라고 했지만, 눈이 오지 않는다면 어떻게 해야 할까요. 요즘은 떠나간 이들의 얼굴을 찬찬히 떠올리고 있습니다.

　제 기억 속 어떤 이는 항상 고개를 뒤로 젖히고 웃기 바쁘고 또 다른 이는 손가락을 꼼지락대며 천천히 말을 이어나가기 바쁩니다. 분명 안고 기뻐하고 웃고 즐겼던 시간이 많은데도 불구하고 늘상 우는 사람도 있습니다. 저는 그들과 더 같이 웃어주지 못한 것보다 더 같이 울어주지 못한 게 마음에 사무칠 때도 있네요. 타이밍 싸움에서 완벽히 패배해버린 사람의 기억은 이토록 잔인합니다. 꼭 마운드 위에서 홀로 싸우기를 택한 투수 같은 마음입니다. 거대한 방망이를 들고 타석에 들어서는 자들은 지나간 이들, 그들이 내 기억을 관장하고 휘두를 수 없게 미묘한 공을 던져야 합니다. 그들이 예리해질 수 없는 구석으로 공을 던지는 것이죠. 그들이 자주 찾는 장소나 그들이 좋아했던 음악을 다시 가거나 듣지 않는 것 말입니다. 사랑이 끝나고 난 뒤 저는 되도록 그들이 떠오르지 않는 장소로 도피했습니다. 이미 그들의 시간에서 내가 없다는 사실을 납득하기 어려웠기 때문입니다. 그들이 휘두르는 기억에 온갖 삶이 좌지우지 되는 듯한 기분을 지울 수가 없었습니다. 사람이 사람을 만나지 못하는 무수한 이유들 중 하나를 우리가 관통해버리다니.

　이러한 패배의 역사로 저에겐 징크스마저 생겼습니다. 쉽고 빠르게 친해진 인연과는 더 쉽고 빠르게 헤어질 수 있다는 거죠. 이것은 제 인생의 불문율이었습니다. 한밤의 캠프파이어와 다를 바가 없었습니다. 마음이 타는 속도가 달랐습니다. 내 마음의 열전도율이 높은지 낮은지, 그들 마음의 발화점이 낮은지 높은지. 사랑을 시작하고자 결심하였어도 사랑이, 사랑만이 존속될 수 없다는 것을 처음 깨달았습니다.

　중국의 승려 운소주굉은 『선관책진(禪關策進)』에, "시절

인연이 도래(到來)하면 자연히 부딪혀 깨쳐서 소리가 나듯 척척 들어맞으며 곧장 깨어나 나가게 된다."라는 구절을 썼습니다. '사랑은 타이밍'을 불교의 언어로 말하자면 '시절인연'인 것입니다. 모든 사물의 현상은 시기가 되어야 일어난다는 뜻이죠. 모든 인연에는 때가 있고 때가 되면 이루어지게 되어 있다는 뜻을 갖고 있기도 합니다. 인연의 시작과 끝, 모두 자연의 섭리대로 순번과 시기가 있다는 말에 어쩐지 위안을 받게 되었습니다. 좋아했던 일에 흥미를 잃고, 오래오래 미래를 기약했던 연인과 헤어지고 늘상 마음이 맞을 것 같았던 친구와 대화가 통하지 않고 오로지 나의 잘못인 줄 알았던 모든 일들이 인연이 다했기 때문에 일어났다는 것을 알게 되었으니까요. 불이 일어나고 꺼지는 것 또한 자연의 섭리에 있는 것.

그러나 모든 사랑과 사람이 단어 한마디로 정의되지는 않습니다. 시절인연과 밀착하여 사랑과 삶을 바라보면 포기와 체념에도 빠른 사람이 되지 않겠습니까(이왕이면 당신의 감정이 끈질기길 바랍니다). 그 말에 적당량의 위안만 얻었다면 다음은 다시 욕심내도 괜찮다고 말하고 싶었습니다. 산책을 하다 담장에 핀 장미를 보았거든요.

이상하지 않나요. 장미는 여름이 철이라 알고 있었는데 여름이 아닌 곳에서 장미를 보게 될 줄이야. 어떤 장미는 겨울에 피는 것처럼, 우리에게 예상치 못한 장미 같은 존재가 피어날 수도 있다는 것을 알려주는 듯했습니다. 때가 아닌 사랑이 불쑥 나의 때를 만들어주는 거죠. 평생 보지 못할 풍경을 생애 때때로 볼 수 있다는 것, 그걸 알게 된 것만으로도 당신은 다음 인연으로 무사히 갈 수 있을 겁니다. 당신을 지나쳐간 모든 인연이 보여주기도 했겠지요. 그 사랑으로 당신은 세상의 조금 더 다른 면들을 알게 되진 않았나요.

사랑은 타이밍입니다. 수많은 선택과 결정 뒤에는 더 그럴 듯하고 좋은 결말들 또한 있었겠죠. 그럼에도 당신이 선택하고 열어본 관계의 페이지는 순전히 당신에 의한, 당신을 위한, 당신만의 선택일 것입니다. 충분히 인정해도 좋습니다. 이미 그 사랑의 결말을 펼쳐본 것만으로도 당신은 선택할 줄 아는, 한 발자국 나아간 다른 사람이 되었다는 사실을요. 그 사랑을 알기 전의 당신과 알게 된 후의 당신은 어떤가요. 오늘 밤에는 이 질문으로 편지를 마칩니다. 과연 때를 놓친 사랑엔 재난뿐일까요?

Autumn
love letter

오늘은 체념에 대해 이야기해보려고 해. 첫 문장을 읽은 넌 어떤 표정을 지을까. 나는 늘 생각을 하고 있지 않다고 말하지만, 생각 속에서도 나의 독자적인 우주를 세우는 데 열중하는 사람이고 너는 생각을 하지 않는다는 뜻이 말 그대로 무(無)이기도 하니까, 눈앞에 놓인 너의 현실에 충실한 사람이니까, 또 시작이라고 생각할까? 감정에 뭐하러 꼬아서 정의 내리려고 애쓰느냐 물어볼까? 여러 질문을 하고도 이따금 입을 가로로 잠그겠지. 내가 너를 좋아하는 수많은 자세와 표정 중 하나는 네가 내 말을 들을 때잖아. 너는 내가 한

생각들을 한 번도 하지 않았으면서도 언젠가 해볼 것 같은 얼굴을 하고, 인상을 찌푸리거나 고개를 주억거리면서 몰두하는 얼굴을 하니까. 이번에도 툴툴대면서 등받이에 허리를 기대고 천천히 읽어주겠지. 내가 가진 우주에서 오늘 꺼내온 이것들을.

며칠 전에 친구가 영상 하나를 보내줬어. 다큐멘터리의 일부였고 광활한 바다에서 조업하는 선장님의 인터뷰였지. 카메라를 들고 있던 이가 문득 생각이 난 듯 이렇게 물어.

"선장님의 어릴 적 꿈은 무엇이었어요?"

질문을 받자마자 선장님은 바람이 빠지는 헛웃음을 지으며 이렇게 대답해.

"왜 또 아픈 상처에 소금을 뿌리십니까… 제게도 꿈은 있었습니다."

"전 있잖아요. 국문학과를 가고 싶었어요."

그러더니 이형기 시인의 시, 「낙화」를 읊기 시작해.

"가야 할 때가 언제인가를

분명히 알고 가는 이의

뒷모습은 얼마나 아름다운가

봄 한 철

격정을 인내한

나의 사랑은 지고 있다

분분한 낙화…"

장면은 자연스럽게 편집되고 그는 종이컵에 음료를 따르고는 말해.

"한 잔은 떠나간 너를 위하여,

한 잔은 너와 나의 영원했던 사랑을 위하여,

한 잔은 이미 초라해진 나를 위하여

…그리고 마지막 한 잔은 미리 알고 정하신 하나님을 위하여."

수평선 너머에는 해가 떠오르는 듯 지는 듯 제 색을 또렷히 나타내지 않고, 타오르는 새벽인지 오후 느즈막인지 알 수 없는 시간대에서 시를 읊는 모습은 영원히 잊지 못할 것 같기도 해. 영원히 잊지 못할 것은 왜 이렇게 많은지, 그럼에도 잊게 되는 것은 뭘까. 이런 모습들을 차곡차곡 쌓아

놓다 보면 삶이 수렁 같을 때 빠져나올 수 있는 나의 계단이 되어줄까? 실은 모르겠다.

'가야 할 때가 언제인가를 분명히 알고 가는 이의 뒷모습은 얼마나 아름다운가' 시의 첫 문장과 선장님이 읊조린 마지막 문장 '한 잔은 미리 알고 정하신 하나님을 위하여'를 되새겨봐. 나는 기억 하나마저도 체념하지 않고 다 가지고 가려고 하는 마당이었는데 부쩍 고개를 숙이게 되더라. 체념은 무엇일까, 돌아서는 마음과 포기하는 마음 같은 거 너는 알고 있을까. 끝내 이루고 싶었던 사람과 사랑과 삶이었지만 주어진 삶을 받아들이고 그래도 신을 위해 잔을 드는 마음은 무엇일까. 헤어짐이라는 것은 무엇일까. 나는 너를 위해 잔을 들 수 있을까.

곰곰이 생각해보면 낙화의 첫 문장을 떠올리던 날들이 많았어. 그런 때 있지 않았니? 사람들과 뒤섞여 있어도 내가 이 자리에 있어도 되나, 내가 지금 이 말을 해도 되나, 내가 너를 사랑해도 되나, 내가 그를 미워해도 되나 고민이 되던 순간들. 옷을 다 챙겨 입고도 시린 마음을 부여잡던 날들. 가야 할 때가 언제인지 알기 위해 노심초사한 날들, 세상의 어느 곳에서도 나의 자리는 없다고 되뇌던 날들. 그럴 때마다 문득 이 시의 문장을 떠올리곤 했지. 가야 할 때가 언제인가를 분명히 알고 가는 이의 뒷모습은 얼마나 아름다운가.

나는 아름다워질 수 있을까?

네가 사랑하는 사람이 내가 아님을, 네가 자주 품어주던 마음의 주인이 내가 아님을, 너의 시간을 독차지할 수 없다는 사실을, 진정으로 받아들일 수 있는 날이 올까? 아마 오랜 시간이 걸릴 거야. 너를 사랑한 시간보다 곱절의 시간이 걸리겠지.

여물어가는 계절의 끝에 서 있어. 추위가 불쑥 찾아오기 바쁜 계절이야. 소름 돋을 정도로 다채로운 풍경에 눈 둘 곳을 못 찾게 되는 날들이 왔어. 체념할 줄 아는 마음이 몹시 어울리는 계절이기도 해. 선택의 기로에서 네가 사랑하지 않는 나의 모습을 택해야 한다면 이보다 잘 어울리는 계절도 없지. 봄이 일으키는 계절이라면 가을은 다시 눕는 계절이라고 정의해보자. 사랑을 불러오는 계절이 봄이라면 사랑이 저물기 좋은 계절은 가을이야. 사랑이야말로 너무 뜨겁지도 않고 차갑지도 않을 때 생생하게 느낄 수 있는 것 같아. 너를 사랑하기 시작했던 봄, 너를 비로소 놓아주어야겠다고 결심한 가을. 다채로움이라는 한 주제 속에서도 그 계절 안에 배열된 단어들은 어지러울 정도로 자유롭게 나열되어 있구나. 계절 사이 틈 안에서, 사랑의 틈 안에서 혼미했던 것은 가을과 나의 공통점이겠구나.

아직도 이해되지 않는다는 표정을 짓고 있니. 갑작스럽게 쏟아진 이야기에 내가 가을을 바라볼 때처럼 눈 둘 곳을 못 찾고 있니. 맞아. 내가 오늘 우주에서 건져온 것은 첫 고백이자 첫 체념이지. 이 지점을 끝으로 나는 겨울을 준비할 거야. 네 얼굴과 옷차림과 표정을 보지 않아도 계절이 오고 가는 것을 알아챌 거야. 햇볕을 향해 고개를 빳빳이 들고 만개한 꽃 앞에서 봄임을, 사람들 이마에 송골송골 맺혀 있는 땀방울 앞에서 여름임을, 낙엽 밟히는 소리에 가을임을, 말간 공기에서 겨울임을 알 수 있을 거야. 너를 통과하지 않고도 다음 계절로 가보도록 할게.

무탈히 겨울을 잘 보냈으면 좋겠다.

너는 이 사계의 말과 얼굴들을 잘 기억하고 살았으면 좋겠다. 아마 잊지 않을 거야. 너는 내가 만난 어떤 사계절보다 뚜렷히 아름다웠으니까. 그럴 수 있을 거야.

죽음과
희망 사이

6월 중순부터 행성이 하늘에 일렬로 늘어선다는데 혹시 보았니. 수성, 금성, 천왕성, 화성, 목성, 토성이 순서대로 정렬되어 있대. 가장 보기 좋은 시간은 새벽 4시 30분. 그때쯤이면 자고 있으려나? 나는 가장 잘 보인다는 시간을 피해서 하늘을 보고 있는 것 같아. 오늘은 봐야지, 오늘은 봐야지 하면서도 4시 30분만 되면 딴짓하기 바빠. 달이 그믐에 가까울 때 유독 잘 보인대. 볼 수 있는 날도 머지않았다는 말이야.

이번 기회가 지나가면 2040년 즈음이야. 우리가 마흔일곱 살이 되었을 때지. 생각해보니 저번 편지에서 2050년을

18년 남았다고 썼었는데, 난 참 숫자에 젬병이란 걸 이제야 깨달았다. 2040년이 18년 후인데. 항상 느긋한 너는 내 실수에도 그러려니 하고 지나갔을까.

네게 편지를 보낸 뒤로 나름대로 열심히 살았어. 빨대를 쓰지 않으려고 했고 에어컨도 덜 켰고 배달은 한 번도 시키지 않았어. 여전히 바깥에는 이상기온으로 고통 받는 생명체들이 많지만, 너도 덩달아 고통을 느끼겠지만 내 딴에는 어떻게든 네가 이 지구에 조금이라도 머물기를 바라는 마음이었어. 내가 숫자를 잘못 계산했으니 2050년 글리제 581계 행성에서 오는 답은 같이 못 들을 수 있겠구나. 그땐 네가 정해놓은 삶의 나이인 쉰 살이 훌쩍 지나버렸으니까. 가장 자유로운 곳으로 떠나갔을지도 모르니까.

『야간 비행』이라는 책 이야기를 종종 나눴잖아. 『야간 비행』의 주인공 파비앵과 그 책을 쓴 생텍쥐페리의 삶을 놓고 자주 이야기 했었지. 어떤 상황에서도 임무에 최선을 다하길 원했던 리비에르의 말에 폭풍우가 몰아치는 밤 비행을 나갔다 실종된 파비앵과 마지막 정찰을 위해 비행기를 타고 떠난 후 관제탑과의 연락이 끊긴 생텍쥐페리의 삶에 대해서 말이야. 자신의 죽음을 예견한 것만 같다고 그랬었지. 지금은 생텍쥐페리의 비행기가 독일군에 격추되어 전사당했다고 알려져 있지만, 넌 유독 그 부분을 말할 때마다 망설였어. 마치 먼 여행을 떠난 것으로 말하고 싶어 했지. 어린 왕자가 자기 별로 돌아가며 조종사에게 "내가 죽은 것처럼 보이겠지만 아니야."라고 말한 것처럼 말이야. 너는 죽음 다음에 새 삶이 있는 것처럼 말했어. 떠나보지 않아서 대답할 수 없었지만.

은, 최근에 이런 글을 보았거든. '죽진 않았지만 영원히 만날 수 없는 사람'과 '죽은 사람'엔 어떤 차이가 있냐고. 사람들은 말했어. 죽지 않았다는 건 일말의 희망이 생긴다고, 다시 만날 수 있을 것 같은 희망, 같은 하늘 아래에 있단 희망, 훗날을 기약할 수 있다는 희망. 죽으면 그 희망이 바스러진대. 아예 사라진대.

나는 생각했어. 과연 희망이 정말 사라지는 걸까? 네가 생텍쥐페리의 죽음을 여행이라 말하며, 자기 별로 돌아간 것이라 생각하는 것처럼 어쩌면 죽는 게 아니라 태초로 돌아가는 것은 아닐까? 어쩌면 사람들이 잠시 이 별에 불시착한 게 아닐까? 죽음에는 아예 희망이 없는 것일까? 네가 쉰 살에 상한선을 그어놓고 살고 있다는 것을 알게 된 후로 자주 죽음을 떠올려. 나는 네 선택을 바꾸지 못할 것을 아니까.

너를 떠나보낸 뒤 내 마음은 어떻게 갈무리할 수 있을까 싶어서 이것저것 찾아보고 읽기도 하는 거야. 살아 있길 잘했다는 생각이 들 만한 하루를 너에게 선물하고 싶다고 적었지만… 글쎄. 네가 아니라고 하면 나는 아닐 준비를 할 거야. 그게 우리 사랑 아니겠니. 나와 답이 달라도, 설령 그게 내겐 틀린 답이어도 그런 답도 있다고 수긍하는 거 말이야. 그렇게 알게 된 답이 얼마나 많은지 넌 모를 거야.

은아, 죽음은 지구의 일이 아닐지도 몰라. 1700억 개 중 고작 하나인 지구에서만 벌어지는 일이겠니. 죽은 사람들은 지구에서만 죽은 존재일지도 몰라. 머나먼 은하로, 내가 가보지 못한 시간과 공간 개념이 흐릿한 행성으로, 계절이 없는 곳으로 떠나는 것일지도 몰라. 지금보다 더 자유롭고 고독해질지도 몰라. 유약함을 견뎌내고도 또 견디는 일이 반복될지도 몰라. 그럼에도 떨어지는 혜성과 태어나는 별과 폭발하는 별을 볼 수 있을지도 몰라.

우린 어떻게 헤어지게 될까. 어디로 떠나게 될까.

네 선택을 따를게. 네가 자유로울 수 있도록 도울게.

4시 30분이야.

하늘을 보고 있으면 좋겠다.

충분하다는
말

죽음을 생각하는 새벽이다. 연이 아프고 더욱 잦은 밤이다. 몇 주 전에는 강아지와 산책을 나갔다가 전봇대 앞에 자는 것처럼 죽어 있는 고양이를 봤다. 푸석푸석한 털을 하고 배를 하늘로 내보이며 자는 것처럼 그렇게. 언젠가 강이와 연이가 내 곁을 떠나갈 때가 올 거라고 마음을 굳게 먹으려 하지만, 마땅히 현실의 일이라 생각하긴 어렵다. 그런 날이 올까? 캣타워도, 정수기도, 식기도, 간식도 모조리 쓸모없어지는 날이 올까? 아이들이 있어 덜 심심했는데 더 심심하고 슬프고 괴로워지는 날이 올까? 골목길 고양이처럼 자는 연이의 배를 살살 문질렀다. 작게 뒤척인다. 죽음을 떠올리다가도 내게 무엇이 있는지 알게 되는 밤이다.

드라마 〈서른, 아홉〉 마지막 회를 봤다. 세 친구 중 한 명, 찬영은 췌장암 말기 환자다. 시한부 선고를 받았고 이젠 삶보다 죽음이 가까이에 있다. 어느 날, 찬영은 친구 미조에게 손수 적은 자신의 부고 리스트를 전해준다. 이름과 연락처가 정갈하게 적혀 있다. 찬영은 덧붙인다. "내 장례식은 어떨까? 연락처에 있는 모든 사람들한테 내 소식을 전하고 싶진 않더라." 장면이 바뀌고 찬영은 한 카페에 들어선다. 부고 리스트에 적힌 모든 사람들이 찬영을 환영한다. 미조와 주희가 부고 리스트를 브런치 리스트로 바꾼 것이다. 살아 있을 때, 브런치 한 끼 먹는 자리를 만든 것이다. 찬영이 말한다.

> "충분하다는 말 드리고 싶어요. 어쩌면, 남들보다 반
> 정도 살지 못하고 가겠지만 양보다 질이라고, 저는 충
> 분합니다. 부모님 사랑도, 사랑하는 사람의 보살핌도,
> 그리고 친구들, 친구들 사랑도 충분한 삶이었습니다.
> 지금도 그렇고요. 여러분들 덕분에 더할 나위 없는 나
> 의 인생이었습니다. 진심으로, 진심으로, 진심으로 고

맙습니다."

한땐 이런 생각을 했었다. 죽음까지 내 손으로 결정하고 싶다고. 만약 지금 내가 시한부 선고를 받는다면, 그 전에 친구들과 함께 파티를 열 것이고 고양이들을 힘껏 껴안을 것이고 가족들과 여행을 떠나서 인사를 마친 후 스스로 택할 것이라고. 더이상 나눌 것이 없으니 홀가분한 마음으로, 아주 느긋하고 다정하게. 양보다 질이었다는 삶이라 스스로 기억하고 싶다고 말이다.

내가 찬영처럼 충분하다는 말을 할 수 있을까? 남들보다 반 정도밖에 살지 못했다고, 삶은 질보다 양이라고. 더욱 살고 싶은데 아쉽고 순간이 후회된다고 말하지는 않을까? 나에겐 미조나 주희 같은 친구들이 없어 슬퍼하진 않을까. 삶의 절반을 슬퍼하는 데 쓰다가 결국 아쉬워하진 않을까. 찬영의 후련한 미소를 반이라도 닮아볼 수 있을까. 못내 아쉬워 자꾸만 삶을 돌아보고 시간을 돌이키고 싶단 마음을 갖진 않을까. 죽음을 떠올릴 때마다 마음에 죽죽 빗금이 쳐진다. 잘 죽기 위해 잘 살아보자고, 은연중에 말하게 된다. 잘 사는 것만큼이나 잘 죽는 것이 어렵다고, 되새기게 된다.

어떻게 살아야 할까. 봄은 봄으로 두었던 것처럼, 이따금 되뇐다. 자주 과거를 헤집지 말자. 과거의 내가 지금의 내 모습보다 잘나고 더 그럴 듯해 보여도 나는 현실에 있다는 것을 기억하자. 삶과 함께 흐를 것이다. 자주 뒤를 돌아보다 앞으로 나아가는 법을 잊기 전에. 과거는 과거로, 현재는 현재로, 미래는 미래로.

사랑을 쓰는 일은 되도록 멈추지 않아야겠다고, 이따금 결심한다. 사랑하는 이들에게 네 사랑을 알 수 있어 내 삶은 충분했다고 말할 수 있을 때까지.

네가 내게 두고 간 사랑은 허투루 쓰이지 않았어. 덕분에 이렇게 아름다운 세상이 있었어. 네게 무작정 주었던 사랑은, 놀랍도록 아깝지 않았어. 나는 나에게, 너에게, 모두에게 할 수 있는 최선을 했고 가진 최고를 줬어. 충분한 삶이었고 덕분에 잘 지냈어.

너는 나의 생존 방식

─번번이 저를 살려주었던
모든 이들에게

은에게

　적자생존이라는 말이 있다. 환경에 적응하는 생물만이
살아남는다는 뜻이지. 변화에 빠를수록, 급변하는 시대에
발맞추어 갈수록 살아남을 확률이 높아진대. 도태되기를 두
려운 사람이야말로 기민해야 하는 이유기도 하지. 그래서일
까? 은아. 나는 고등학교 때가 별로 기억이 나지 않아. 너를
만나기 전까지 학교폭력을 당했던 시기였지. 뒷담화를 했단
이유로(이것마저 기억이 나질 않아. 설령 그랬다고 한들 내가 그
많은 인원을 전부?), 집이 가난하단 이유로, 내 행동이 과장되

고 연예인을 좋아한단 이유로, 까분다는(그 애들의 단어로 말하자면 나댄다는) 이유로 벼랑 끝에 몰렸던 날들이었어. 고등학교 1학년 1학기 말부터 시작되었는데 걔들과 다른 반이었던 고등학교 3학년 때까지 이어졌지. 너를 만난 건 고등학교 2학년, 열여덟이었으니까 너를 사랑하고 있는 와중에도 나는 누군가의 놀림거리였던 거야. 네가 있어서 버틸 수 있었던 건 분명해.

그 애들은 마치 내가 죽기라도 바라는 것처럼, 이 지구에 없기라도 바라는 것처럼 나를 몰아갔지. 내가 조금이라도 행복해질 수 있단 믿음이 생길 때마다 쉬는 시간마다 불러내 말했어. 그만 까불라고. 그렇게까지 했던 이유가 아직도 궁금해. 굳이 물어볼 생각은 없지만. 사랑과 증오가 뒤섞여 어느 날은 '얘들은 매일 나를 지켜보는 건가?' 싶기도 하더라. 왜, 너무 사랑하면 그 사람이 미워진다잖아. 내가 좋을 대로 생각하는 게 속 편하긴 했어. 은이 너는 내가 불려갈 때마다 안쓰러운 눈을 했지. 돌아오면 어깨를 꽉 잡아주거나 등을 토닥여줬어. 흐릿한 날들 사이로 이 기억 하나만은 선명해. 네가 내 어깨를 만져주었던 것. 울지 말라고 말해주었던 것. 곁에 있어주었던 것.

맹자는 인간은 측은지심을 가지고, 양심의 가책을 느끼고, 배려를 하고, 옳고 그름을 구분한단 이유로 성선설을 주장했지. 오래오래 믿고 싶었어. 치졸하고 괘씸하고 잔인한 인간들이 처음부터 그러지는 않았을 거라고 생각하고 싶어서였을지도 몰라. 그 애들을 만나고 신념이 고꾸라지긴 했지만, 너를 만나서 다시 일어날 수 있었어. 네가 내 어깨를 만져주지 않았다면, 울지 말라고 말하지 않았다면, 곁에 없었다면 내가 이 생각을 가지고 살 수 있었을까? 상상조차 할 수 없어.

은아, 내가 적자생존, 그러니까 살아남기 위해 선택한 방법은 '망각'이야. 그 애들이 끈질기게 괴롭혔던 것을 빼고는 그 애들의 말투, 행동, 자세 같은 건 하나도 기억하고 있지 않아. 걔네가 말했던 나의 잘못조차 기억이 안 나. 아쉬운 건 그 애들을 내 기억과 삶에서 의도적으로 배제하고 싶어서 우리가 나눴던 대화나 추억 몇 개도 잊어버렸다는 거야. 네가 고등학교 때 이야기를 할 때마다 자주 갸웃댄 것도 그 때문이야. 살고 싶은 나머지 중요한 걸 몇 개 놓쳐서. 내가 네 이야기에 영 모르겠단 얼굴을 하고 있으면 넌 클라우드를 뒤져서 나한테 사진을 보여줬지. 착실하게 보관해놓은 사진들을 보며 겨우 떠올리지. 얼마나 즐거웠는지, 얼마나 웃었는지, 얼마나 벅차고 아름다웠는지. 생존 방식으로 택한 건 잊는 게 아니라 어쩌면 너일지도 몰라. 끝내 네 곁에 남기로 한 것, 너의 옆에서 떨어지지 않은 것 말이야. 내가 한 선택 중 가장 잘한 거였어. 다 잊고 사는 내게 지난날을 속삭여주는 너. 나는 네가 얼마나 귀한 사람인지 알아.

며칠 전 함께 사주를 봤지. 네 사주에는 물이 없고 내 사주에는 목이 없고. 너는 사막의 나무, 나는 큰 바다. 너의 바다가 되어줄 수 있는 사람이 나라는 게 기뻤어. 네 갈증을 해소해줄 수 있는 사람이 나여서 좋았어. 내가 나여서 좋았던 날 중에 가장 좋았어. 취업으로 골머리 앓던 네게 사주 선생님은 말했지. 너에겐 더 좋은 길이 있다고. 네가 핸드폰을 쥐고 얼마나 자유로운 얼굴을 했는지. 넌 모를 거야. 카페에 앉아 있는 게 아니라 바람이 실컷 길을 헤집는 너른 들판에 앉아 있는 얼굴을 하고 있었어. 전화를 끊고 네가 그랬잖아. 아, 속 시원하다!

너를 차지하던 불안은 온데간데없이 사라진 듯했어. 이젠 앞으로 무얼 하며 살아야 하는지, 어떤 길로 나가야 하는지 고민하기 시작했지만 네게 말해주고 싶었다. 그게 또 네

운명이 아니고 네 선택이 때로 실패하더라도, 나는 그 운명을 깨보라고 네 등을 밀어줄 것이고, 실패한 선택에 좌절하더라도 마주 안아줄 준비가 되어 있다고. 너는 내가 택한 생존방식이니까. 네가 사는 게 내가 사는 거니까. 어떻게 살기로 결정했니. 묻고 싶어. 네가 나를 구했던 열여덟처럼 나도 너를 구하고 싶어.

누군가는 사랑을
말해야 하지 않을까?

사랑이 보이지 않는 곳에서 사랑을 어떻게 찾느냐고 되물었죠. 매번 사랑만 찾기 바쁜 저에게는 어려운 질문이었습니다. 이렇게 너절하게 널려 있는 감정들이 보이지 않느냐고 되묻고 싶었어요. 당신 얼굴에 깃든 절망의 표정을 보지 못했다면 말했을 겁니다. 어쩌면 당신이 베개에 얼굴을 파묻고 오늘은 우는 것으로 하루를 마무리하겠다는 오묘하고도 불쾌한 예감이 들 땐 어떻게든 당신을 건져내고 싶었어요. 무슨 말을 해야 할까요. 결국 제가 한 말은 비루하기 짝이 없었습니다. 누군가는 사랑을 말해야 하지 않을까?

평생 공생할 수 없는 감정이 있다고 가정해봅시다. 당신을 곧잘 지상의 정상까지 끌어올렸다가 수렁의 밑바닥까지 끌어내리는 감정은 무엇인가요. 해내지 못했다는 아쉬움, 닿을 수 없다는 절망감, 돌아갈 수 없다는 불안. 공생이 교리 중 하나인 종교도 있는 마당에 기어코 밀어내야 살 수 있는 감정도 있다는 것을, 누가 그렇게 쉽게 믿을 수 있을까요. 내가 당신을 지키겠다고 결단한 것과 다른 문제입니다. 우리는 너무나도 다른 시작점에서 살아왔으니까요. 영향을 받는 음악, 인생에서 꼽는 문학, 살아왔던 동네, 출신 학교, 맹신하는 것과 불신하는 것 등등. 내가 사랑을 이야기해도 당신이 사랑을 믿지 않는다고 결심했다면 어쩔 수 없는 거죠. 내가 당신을 바꿀 수 있다고 생각하지도 않습니다. 오히려 감히라는 말이 떠올라요.

다만, 누군가는 사랑을 말해야 하지 않을까요.

당신을 불안하게 만드는 것들을 쓸어 모아서 쥐어주고 싶습니다. 모래알보다 작은 것들일 거예요. 사소한 곳에서 걸려 넘어지기 쉬운 인생이라는 것을 잘 알고 있잖아요. 수저를 들 힘조차 나지도 않게 하는 것이, 인생의 큰 일들이 아닌 일상에 잔재하는 문제들이라는 것을 당신이 누구보다 잘 알기에 고통스러운 거잖아요. 당신의 불안에 해당하는 것들을 한 움큼 쥐어주고 손 안에서 낱낱이 부서지는 것을 느끼게 하고 싶습니다. 부서져서 다시 공기 속으로 섞이고 그 숨을 우리가 들이마시게 되고, 같이 살 수 없다 했지만 결국에는 그 숨으로 사는 것이 우리 삶이에요. 불행하게도 그렇습니다. 하지만 당연하지는 않아요. 불안의 원천이 당신에게 있는 것이 아닙니다. 삐뚤어진 생각들이 지금의 당신을 만들었지만 장악하진 못할 거예요. 당신의 불안은 당연하지 않아요. 수긍하지 마세요.

불안을 똑바로 발음해보세요. 불안, 불안, 불안. 감정의 생김새와 달리 입 안에서 얼마나 잘 미끄러지는 단어인지 보이시나요. 잘 미끄러지는 단어라 마음을 미끄럽게 만드는 것일까요? 그래서 기어코 정상 궤도의 삶을 미끌려 넘어지게 하는 것일까요. 당신은 어디까지 미끄러질 건가요. 당신의 손에 제동장치가 없어서 계속 떠밀려 내려가는 것이라면. 그래요. 그 밑바닥에는 제가 있겠습니다.

불안의 유함을 알려줄게요. 가장 낮은 곳에서 당신에게 박수를 보낼게요. 당신이 바라보지 못하는 그 불안을 제가 읽어줄게요. 당신의 가장 아래에서 같이 시간이 흐르는지도 모르게 머물러 있다가 끝내 다시 끌어 앉힐 겁니다. 이곳에. 당신과 내가 사랑하는 일들이 넘쳐흐르는 현재의 지구 한복판에 말입니다. 당신이 넘어져도 추락하지는 않아요. 일어설 수 있는 두 팔과 다리가 있고, 당신만이 말할 수 있는 감정이 있고, 당신만 볼 수 있는 풍경이 있고, 그것을 똑바로 바라보는 눈이 있어요. 당신은 당연하지 않아요. 단 한순간에도요.

당신의 눈을, 코를, 입을, 목소리를, 손을, 발을, 몸짓을 필요로 했던 사람임을 기억해주시길 바랍니다.

당신이 일구어낸 것 중 나는 유일하고, 앞으로도 그럴 거예요. 나의 유일한 당신도 그렇습니다. 내 욕심을 위해 당신이 오래 살라고는 하지 않을 겁니다. 당신이 당신 욕심을 위해 건강히 살기를 바라요.

당신의 누군가가 되기를,
오늘 밤 나의 숙제는 이것이고
당신의 숙제는 잘 자는 것입니다.
아름다운 꿈으로 가세요.

잘 자요.

Part 3

아침에 일어났는데 또 힘들면 그때는 네 탓부터 하지말고 세상 탓부터 해라. 거기에 또 매몰되면 안되겠지만... 적당히 니 밖의 탓으로 돌리는 것도 괜찮아. 그래도돼. 내가 해봤어. 나는 잘해보고 싶었는데 내 노력따위 안 알아주는 세상탓 좀 한다고 누가 뭐라고 하겠니.

네 노력은 내가 잘 아는데.

당신 믿음에
따른 봄을

날씨 이야기로 대화의 물꼬를 트기 좋은 계절입니다. 아무
렴 봄은 관찰할 것들이 많죠. 산속 어딘가에서 깊은 잠을 잤
을 동물들도 이젠 기지개를 펴고 있을 겁니다. 도토리도 주
워야 하고, 꽃 냄새도 맡아야 하고, 봄바람이 자신의 털을 쓰
다듬어줄 때를 기다려야 하고. 봄에 달뜨는 것이 어디 동물
뿐인가요. 사람들의 얼굴에 묘한 기쁨이 들어서는 것도 봄
입니다. 봄의 꽃과 사물과 풍경과 거리는 대화 주제가 되고
요. 어디엔 매화가 폈고 또 어디엔 목련이 폈고, 저기 골목
모퉁이에 있는 자목련은 잎이 떨어지기 시작했다든지. 담장

의 듬성듬성 난 개나리를 발견하고 초등학교를 걸으며 아이들은 개학을 했는지 궁금해하고, 산책 나온 강아지들의 옷을 보며 앓는 소리를 내기도 하고 퐁퐁 솟아난 꽃들을 보며 이따금 시간이 얼마나 빠르고 속절없이 흘렀는지 토로하는 날들이기도 합니다. 지난번에 쓴 글처럼 봄이야말로 일으키기 좋은 계절, 시작하기 좋은 계절이에요. 어제는 술에 취해 도통 생각 않던 사람의 안부가 궁금해지기도 했습니다. 봄을 앞두고 마시는 맥주는 왜 그렇게 단지. 골목의 취객들 옷차림도 많이 가벼워졌습니다. 겨울과는 두 발 멀어지고, 봄에는 한 발 가까워지며 비틀비틀.

저는 J형(계획형) 인간입니다(MBTI에 염증이 난 분들에겐 미안한 표현입니다). 계획은 지키려고 세우는 것. 계획에 충실한 하루를 살아야 속이 후련해집니다. 투두리스트는 자고로 꽉 채우려고 있는 것이라 믿습니다. 이 이야기를 꺼낸 이유는 다름이 아니라 봄에 세우는 계획은 다른 계절의 계획과 달리 여유가 약간 추가되기 때문입니다. 겨울잠을 청하며 자신만의 숨을 돌리는 동물들과 달리 매일같이 앉아 글을 쓰는 것이 아니라 이리저리 바깥을 나돌아 다니기 시작합니다. 명칭을 정하자면 세상을 둘러보는 시간으로요. 글을 쓰고 밥을 챙겨 먹고 다시 몇 시까지 마감을 하는 이행형 계획이 아니라 벚꽃이 아름답게 드리운 골목을 찾아다니며 전국 개화 시기를 검색하는 여유형 계획입니다.

봄에만 볼 수 있는 것이라 생각해서 그런지 왠지 발걸음은 빨라집니다. 매년 볼 수 있다는 것을 번번이 까먹고 어디로 훌쩍 떠나야 하나, 어디서 보아야 봄을 잘 즐길 수 있는 걸까 고심하며 가장 근사한 꽃이 피는 시기를 예의주시하면서요.

여유형 계획이라 적어두지만 들여다보면 어떤 일보다 급급해집니다. 꽃이 어디 인간 구경 오기를 기다리며 피고 지나요. 비가 내리면 물방울과 함께 잎을 떨어뜨리고, 바람이 불면 날려 보내고, 조금이라도 따뜻해지면 재빨리 다음 계절을 준비합니다. 실은 벚꽃이 길거리를 장악하는 시간은 봄의 몇 주도 채 되지 않습니다. 세상의 순간의 순간에 불과한 귀한 풍경을 보기 위해, 앨범에 담아두기 위해 꽃을 찾아나섭니다.

사람 사정 봐주지 않는 봄이 매력적이면서도 잔인하다 싶은 날도 있었습니다. 활동성이 높아지는 계절에 사람들은 봄옷을 사러 번화가로 쏟아져 나오고 난데없이 시선을 홀리는 꽃들을 보면서 홀로 있다는 고립감이 강해졌기 때문입니다. 벚꽃 하나 함께 볼 사람 없다는 얄팍한 인간관계를 탓하고 싶어졌습니다. 꽃이 만개하는 건 일주일밖에 되지 않는데, 다음 주엔 비 소식이 있는데, 그럼 꽃이 다 떨어질 텐데…. 마치 봄을 온전히 즐기지 못한 사람이 된 것 같았습니다. 대다수 사람들이 좋아하고 유행하는 것을 하지 못하면 꼭 세상은 나를 빼놓고 울타리를 치는 것 같아요. 남들 하는 것을 다 따라하다 보면 그 울타리 안으로 들어가기 위해 아등바등 애쓰는 내 모습이 우스워질 때도 있었습니다.

겨울의 어느 날, 템플스테이를 하며 방에 비치된 책에서 이런 문구를 읽었습니다. 욕심의 반대는 무욕이 아닌 잠시 내게 머무름에 대한 만족이다. 잠시 내게 머물렀던 것들, 애써 아등바등 욕심내지 않아도 내 곁에 머물러와 주었던 것들. 그래요. 제가 봄을 앞두고 자주 하는 생각은 '봄을 봄으로 두는 것'입니다. 욕심 부리며 풍경을 차지하지 않기. 지금 보지 못해도 내겐 내년에 필 꽃이 있고 내후년에 만날 수 있는 사람이 있다는 것을. 내 곁에 흘러가는 시간만을 바라보기. 꽃이 피는 날들이 순간인 만큼 나의 오늘도 순간의 순간의 순간에 불과하니까요. 역시나 오늘도 뻔한 이야기를 할 것 같습니다.

당신의 현재에 무엇이 있는지, 또 다시 궁금해하고 있습니다. 당신의 현재에 당신이 있는지. 그리하여 오늘 당신은 어떤 생각을 하였고, 어떤 선택 앞에서 머뭇거렸으며, 어떤 음식을 먹었고, 어떤 순간을 고통스러워했으며 또 어떤 시간에 기뻤나요. 고통스러웠다고 한들 누군가와 같은 시간에 살지 못했다고 자괴하진 마세요. 당신이 늘 같은 지점에서 맴돌지 않았으면 좋겠습니다.

정유정 작가가 쓴 소설『완전한 행복』에는 이러한 구절이 있습니다. "인간은 자신의 믿음에 따른 우주를 가진다." 우주보다 면적이 좁은, 깊이도 얕은 오늘입니다. 당신이 당신의 믿음에 따른 하루를, 봄을 계획했으면 좋겠습니다. 저도 노력하겠습니다.

네가 없는 세계

- 모든 나를 만든 모든 너에게

절망, 악몽, 후회, 이불. 내가 상상한 세계들이지. 절망이 없는 세계에선 절망할 줄 아는 너는 희망할 줄도 알 거라고, 절망의 세계가 몸집을 키운다면 절망에 맞서는 저항의 세계도 자라날 것이라고 썼었지. 악몽이 없는 세계에선 내가 너를 사랑한단 사실이 용기가 되길 바란다고, 푹 자고 일어나 실낱같은 희망에 기대어 살자고 썼었지.

후회가 없는 세계에선 뭐라고 썼었는지 기억하니? 맞아. 덜 후회하려면 더욱 살아갈 수밖에 없다고, 돌아봤기에 나아갈 수 있다고 썼었어. 현실을 가득가득 채우자고 말이야. 이불이 없는 세계에선 우리는 누군가의 이불이 되었는지에 대해 썼어. 그거 아니? 이 모든 세계는 네가 없으면 소용이 없다는 걸 말이야. 내가 원하는 이상 세계에 네가 없다면 무슨 소용이겠니? 모든 나를 만들어주는 모든 네가 있어야지.

처음 네가 유학을 간다고 했을 때, 놀랐어. 태연한 척했지만 속은 요란하다 못해 불이 난 것만 같았지. 여름 내내 연락이 되지 않다가 가을이 다 되어서 말해줬으니까. 적도 아래 남반구의 도시로 떠날 모든 준비를 마친 상태였잖아. 너와 가정했던 여러 세계 중 하나는 이별이 없는 세계였는데. 아주 오래오래 한국으로 오지 않을 것 같다는 말에 내가 그렸던 미래의 한 조각이 부서지는 듯한 기분이 들었어. 나는 꼭 너와 있으면 사랑을 초월하는 사랑을 하는 것 같아.

오늘 읽은 책에서, 멸망한 세계에서 세상 것을 경계하고 갖은 불행의 수만 계산하며 생존만을 위해 살아가던 '도리'가 '지나'를 만나 멸망 전 세계에 있던 음악을 듣고, 책을 읽고 싶어 하는 장면이 나왔어. 그런 것 다 사치라고 믿는 도리에게 지나는 '이런 상황에도 웃을 수 있고 기뻐할 수 있다는 걸 보여'줘. 너도 그랬어. 열여덟부터 지금까지.

고등학교 2학년, 열여덟 살 그때 처음 너를 만났지. 나는 따돌림을 당하고 있었고 너는 누구보다 적응을 잘하고 있었고. 대척점에 서서 새 학기를 시작했지. 지구 반대쪽의 세계에서 살 것만 같던 너와 친하게 지내게 된 계기는, 기억이 잘 나지 않아. 인간은 극한의 상황에 몰리면 기억을 지워버리기도 한다더라. 1학기 절반쯤 정신을 차려보니 수학여행에서도 너와, 점심도 너와, 야간 자율학습도 너와 같이 하고 있었어. 넌 왜 나와 어울려줬을까. 내가 빌붙은 걸 수도 있겠지만, 떼어내려고 한다면 떼어낼 수 있었을 텐데. 지금도 희석되지 않은 너의 선함이 좋아. 넌 그때도 선했고 착했지. 우리에게 완전한 이별은 없었어. 내가 영국으로 떠날 때도, 네가 뉴질랜드를 갈 때도, 또 내가 서울로 올라갈 때도. 항상 내일과 다음이 있었지. SNS로 연락할 수도 있었고, 가끔 대구로 내려오면 당연히 너를 만났으니까. 11년을 꼬박 알아가며 네가 없이 괜찮을 것 같다는 상상을 해본 적 없었어. 언젠가 헤어지는 존재라는 가정이 네게는 생기지 않았지. 놀랍지? 열여덟 이후로 너를 빼놓고 쓰인 페이지가 단 한 장도 없어. 황폐했던 세상에 단 한 순간도 쉬지 않고 일으켜줬어.

출국 전날까지 일주일 내내 만나며 대구 곳곳을 돌아다

넸지. 출국 날짜는 다가오는데 도무지 믿어지지 않아서 일도, 운동도 손에 안 잡혔어. 나는 항상 떠나는 입장이었는데 떠나보내는 사람은 이런 마음이겠구나. 언젠가 네가 나를 떠나보냈을 때도 이런 마음이었겠구나. 나의 기우가 쓸모없게끔 네가 다음을 말해주면 좋겠는데 고개만 저었잖아. 이번에 가면 언제 올지 모른다고. 일주일 동안 다니면서 나는 착실히 마음을 바로 잡았어. 너의 새 시작을 오롯이 축하해주고 싶었기 때문이야. 네가 떠나면서 나는 또 하나를 배워. 떠나보내는 마음, 새로운 시작에 순수한 찬사를 보내는 마음, 매달리지 않는 마음, 사랑하는 마음을. 모든 나를 만들어주는 모든 네가 있어 가능한 일이지.

네게 줄 사진 앨범을 준비해두고 편지를 썼어. 많은 것들을 발견하고 오라고. 너의 삶이 점차 경이로워졌으면 좋겠다고. 너의 시선으로 보는 세계가 궁금하니 다 담아와달라고 말이야. 다시 너를 만나면 앨범을 가장 먼저 들여다볼 거야. 네가 어떤 도시를 담아왔는지, 어떤 사람을 만났고 어떤 햇살을 받았는지, 어떤 바람에 떠밀려갔는지, 어떤 파도에 실렸는지, 어떤 숲에서 큰 숨을 들이쉬었는지.

잘 다녀와. 많은 것이 더 많이 바뀌기 전에는 왔으면 좋겠는데… 욕심이겠지? 서로가 존재하지 않는 세계에서도 서로를 사랑하는 힘을 배워왔으니까. 네가 없는 세계도 잘 지내볼 거야. 네가 어떤 이야기와 살아갈지 상상하며, 모든 하루에 기쁨과 행운과 사랑을 보내.

새벽에 자주
깨 있지 마

프레드리히 니체가 말했지. 그대가 오랫동안 심연을 들여다볼 때, 심연 역시 그대를 들여다본다고. 자기혐오는 그렇다더라. 지나치게 자기화에 중독되어 있는 상태라고, 자신을 너무 오래 들여다보고 있으면 자신을 지나치게 사랑하게 되거나, 지나치게 혐오하게 되는 굴레에 빠진대. 세상 모든 것이 본인의 탓처럼 느껴지기도 하고, 문명화된 세상에서 나만 고대의 사람처럼 퇴화하고 있단 생각이 들기도 할 거야. 예전에 이런 글을 쓴 적이 있었거든. 오늘의 나는 과거의 내가 잘 버티고 버려서 끌어온 것이라고. 과거의 내가 끝까지

지켜온 오늘의 나를 위해 나는 또 오늘을 살아야 한다고. 당시에 무력하고 우울해서 이런 말이라도 나한테 해주고 싶었나봐. 근데 그것 또한 아니?

고대의 사람들은 자기혐오란 감정 자체를 몰랐대. 자기혐오는 문명화된 세상에서 나타나는 또 다른 심리 현상이라는 거야. 아침을 먹은 다음엔 점심을 준비하고 점심을 먹은 다음엔 저녁을 준비하고 저녁을 먹고 그러다 보면 하루가 다 가버리니까. 우리가 지금 즐기는 매체 같은 건 그 시대에 존재하지 않았으니까 나를 들여다볼 시간도 없는 거지. 나는 그럴 때일수록 그냥 네 눈앞의 현재를 보라고 말하고 싶어. 옛날 사람들처럼. 당장의 걱정이라곤 다음 끼니, 어떻게 해야 다음 끼니에서 나를 더 잘 대접하는 것이 고민의 전부가 될 수 있도록. 당장 네 눈앞에 놓인 것들을 보는 거야.

너의 과거들이 얼마나 고생해 지금의 너를 만들었니. 네가 심연으로 다가서지 못하게 또 얼마나 버려가며 뒤에서 너를 잡아줬니. 그 못으로 빠지지 않게 하기 위해 얼마나 일어서려고 노력했니. 세상이 지나치게 커 보여도, 아니야, 네가 더 커. 각자가 존재하는 세상은 각각의 것이거든. 타인의 세상에서 훔쳐오고 싶은 게 많을수록 커 보이는 거야. 너에겐 너의 대지가 있고 너의 하늘이 있고 너의 우주가 있어. 누군가는 꼭 닿고 싶었을 것들이 너에게 있지. 그러니 오늘은 일찍이 못에서 발 빼고 자. 자는 것부터 해. 새벽에 자주 깨 있지 마.

아침에 일어났는데 또 힘들면 그때는 네 탓부터 하지 말고 세상 탓부터 해봐. 거기에 또 매몰되면 안 되겠지만. 적당히 외부의 탓으로 돌리는 것도 괜찮아. 그래도 돼. 내가 해봤어. 나는 잘해보고 싶었는데 내 노고 따위 안 알아주는 세상 탓 좀 한다고 누가 뭐라고 하겠니. 네 노력은 네가 잘 아는데.

내일 하루도 지겹도록 똑같을 거야. 네가 생각하는 푸른 빛 내일 같은 건 없을 수도 있지. 근데 그 푸른 빛은 너의 손에서 시작할 수 있어. 장담할게. 그러니까 어서 세수하고, 양치하고, 발 닦고 얼른 자. 어떤 색의 꿈을 꾸고 싶은지 생각하면서 눈 감아. 잘 자. 정말 잘 자.

우리는
이 별의 여행자

변화를 앞둔 불씨에게.

　나는 알아. 네가 좋아하는 말을, 네가 자주 쓰는 말을, 네가 버리지 못한 말을, 네가 기어코 안고 있는 말을. 알고 있어. 너는 '사실'이라는 말을 좋아하고 자주 쓴다는 것을, '사랑'과 '이별'을 버리지 못하고 있다는 것을, '변화'라는 말을 살며시 안아보기 시작했다는 것을.

　며칠이 지났는데도 나를 바라보며 슬며시 뱉어내던 너의 고민이 잊히지 않아. 서울살이가 힘들어 이제 고향으로 내려갈 때가 된 것 같다고 말하며 흔들리던 갈색 눈동자, 손

138

톱들을 하나씩 매만지던 기다란 손가락, 입술에 침을 바르던 붉은 혀, 한 번씩 꾹 다물리다 쭉 내미는 입술, 아랫입술을 물던 작고 하얀 앞니. 얼마나 많은 말들이 네 속을 다 헤치고 삐져나왔는지 유독 불안해 보였어. 한시도 가만있지 않는 시간은 오늘도 너를 괴롭히고 있구나, 직감할 수 있었지.

나이는 한 살 먹어가고, 내게 남겨진 20대의 폭은 고작 이것밖에 되지 않는데 지금 다시 내려가면 내가 무엇을 할 수 있을까 말하던 모습. 시선이 무섭다고 망설이던 모습. 사는 생활 반경이 바뀌고, 게을러지거나 부지런해지거나… 남들이 자는 시간에 홀로 깨어 있을까, 남들이 활동하는 시간에 꿈속에서 지낼까. 활동하는 시간의 반경이 바뀔까 걱정하던 모습. 그러면서도 한번 바뀌어보고 싶다고 고백하던 모습.

나는 알아. 네가 변화를 두려워하지만 누구보다 끌어안고 싶어 한다는 것을. 몸소 바뀌어보고 돌진해나갈 시간을 고대하고 있는 너를 알아. 변화의 문턱에 서 있는 너에게, 오늘은 나만 알기 아까운 문장과 노래를 알려주고 싶어.

'선택할 수 있어야 한다. 아무것도 변하지 않게 하기

위해 변해야 한다. 이것은 쉽고, 불가능하고, 어렵고, 해볼 만하다.'

쉼보르스카의 「여인의 초상」(비스와바 쉼보르스카, 『끝과 시작』, 문학과지성사, 2016) 에서 나오는 문장이자 내가 너무나도 사랑하고 있는 말이야. 아침 운동을 시작할 때도, 점심 도시락을 최대한 가볍게 챙기면서도, 집으로 걸어오는 퇴근길에서도, 매일 밤 시작되는 연재 앞에서도 반복하는 말이기도 해. 아무것도 변하지 않게 하기 위해 변해야만 하는 것. 아무것도 변하지 않게 하기 위해서는 스스로 변해야만 하는 일들이 있을 거야. 사랑하는 이들과 일과 생활을 지키기 위하여, 나를 지키기 위하여.

아무것도 변하지 않게 하기 위해 변해야만 해서, 우리는 종종 변화와 불씨를 한군데에 묶어버리기도 하잖아. '변화의 불씨'라는 말을 쓰면서 내 안에서 일어난 작은 변화가 바람을 타고 온 세상 군데군데 퍼져나가기를 바라면서 행동하기도 해. 일상의 불합리한 일을 눈감지 않고, 묵인하지 않고, 사회 전방으로 알리기 위해 발로 뛰기도 하고, 광장으로 나서기도 하지. 2018년 그해 여름을, 우리는 기억할 거야. 네가 지금 행하려고 하는 작은 변화도 너의 세계의 첫 불씨로 크게 번져나갈 거야. 어떨 때는 불이 너무나도 거세 분노가 너를 삼킬지도 몰라. 너무 분해서 울기도 할 거고, 절망의 늪에 빠져서 도망치고 싶을 때도 있을 거야.

　　나는 알아. 네가 저질렀던 무례와 무지의 표현들이 너를 괴롭게 하고, 절망을 재조합하며 생각의 무덤으로 스스로 몰아넣었던 밤을. 그럼에도 바뀌고 싶다고 말하는 네가 얼마나 단단한 사람인지도 알아. 좋지 않은 생각만 든다는 네가 실은 누구보다도 저항과 희망과 함께 숨 쉬고 싶어 하는 사람임을 알고, 너는 네 세계의 투쟁가라는 사실을 알아. 나는 세상의 모든 투쟁가는 낙관주의자임을 믿어. 긍정할 줄 아는 사람들만이 믿는 가능성을 믿거든. 누군가는 터무니없다고 말하는 이상을 이루기 위해 현실을 고치고, 잘못된 세계는 버리고 나아가는 것은 그들이라는 것을. 조금 더 나아지는 하루와 내일과 미래를 꿈꾸는 사람이라는 것을 믿어.

　　며칠 전에 들은 노래, 태연의 '불티' 가사를 들려주고 싶어. 변화를 앞둔 너에게, 그리고 앞으로 수없이 바뀌어나갈 우리에게. '어디든 갈 수 있어/세찬 바람을 타고 떠올라 내려보면/우리는 이 별의 여행자' 라는 가사를. 이 별과 이별의

한 끗 차이를 알았어. 이 별에서 일어난 이별 때문에 우리는 괴로워야만 했지. 내가 자연스레 받아들였던 사실이 알고 보니 거짓이었고, 내가 좋아했던 것들이 알고 보니 사회적인 학습 때문이었고, 사랑하는 사람이 내가 싫어하는 족속 중 하나였다는 것, 이 모든 과정이 이별에 속한다는 것. 지난 일들과 이별해야 하고 먼 미래의 너를 지키기 위해 변해야만 한다는 것 때문에 말이야. 사랑하는 자들만이 할 수 있는 이별, 이별을 이 별이라 읽을 줄 아는 이들이, 이 별의 여행자가 될 수 있어. 세찬 바람을 타고 어디든 갈 수 있어. '우리는 이 별의 여행자' 다음 가사는 그래.

'이제 타이밍이야, 이제 너의 시간이야.'

네게 읊어준 가사를 생각하며, 쉼보르스카의 문장을 다시 써.

'아무와도 이별하지 않게 하기 위해 이별해야 한다. 이것은 쉽고, 불가능하고, 어렵고, 해볼 만하다.'

힘내 가을이다
사랑해

힘내. 가을이다. 사랑해.

국내 최고령 의사였던 한원주 원장님이 소천하기 전 남긴 말입니다. 가을만 되면 이 말을 괜스레 되새기게 됩니다. 8월 23일은 처서였습니다. 24절기 중 열네 번째 절기로, 여름이 지나면 더위도 가시고 선선한 가을을 맞이하게 된다는 의미를 가지고 있죠. 조금 달라진 기온을 느끼셨는지 궁금합니다. 매일 아침 수영장을 갈 때마다 편한 반팔과 반바지를 입고 가는데 현관문을 열고 나서니 쌀쌀한 바람이 반기고 있었습니다. 긴팔 옷들을 꺼낼 때가 된 듯해요. 여름의 더위를 싫어했던 사람이라면 가을을 하염없이 기다렸을지도 모르겠어요. 창밖의 나무는 푸르기만 한데, 벌써 가을이라니. 이맘때쯤이면 항상 되새기는 원장님의 말을 다시 떠올렸습니다. 힘내라는 말, 가을이라는 말, 사랑한다는 말. 왜 이토록 오래 마음에 머물렀을까요?

저는 계절의 배치가 지구의 전략 같아요. 우리가 사는 이 별, 지구를 더 사랑하고 머물 수 있게 하는 지구의 속셈인 거죠. 꽃이 만발하고 나비가 날아드는, 생동하는 봄을 지나면 풀잎이 초록으로 물드는 풍성한 여름이 있고 더위를 견딘 이들에게 주어지는 다채로운 가을이 있고 1년간의 고생을 갈무리하라는 듯 고요한 겨울이 있죠. 계절을 하나씩 흘려보낼 때마다 마치 게임 퀘스트를 완수한 NPC가 된 것 같은 기분을 느껴요. 한 단계 미션을 성공하고 나는 또 다음 단계로 넘어가는구나. 마지못해 사랑한 여름이라도 떠나 보내야 할 때가 되었구나. 특히 가을을 앞두고 있을 때는 남겨놓은 미련과 후회를 더 자주 들여다보곤 합니다. 벼가 한창 무르익고 추수하는 계절이어서 그런 걸까요? 구름 한 점 없는 하늘 아래서 털어놓으면 고민거리도 금방 사라질 것 같아서일까요? 겨울이 저무는 계절이라면 가을은 저물기 위해 바쁘기만 한 계절입니다. 내가 봄과 여름 동안 무엇을 사랑했는지, 그것들을 어떻게 떠나보냈고 앞으로는 누군가를 어떻게 맞이할 것인지. 하반기에 접어든 한 해를 정돈된 자세로 지내기 위해 이리저리 바빠요.

힘내와 가을이다와 사랑해라는 말. 이 문장을 나열하고 있으면 가을이 왔으니, 이제 우리를 괴롭게 했던 한 해도 다 지나갈 준비를 하니 힘내라는 뜻으로 들려요. 사랑한다는 말은 말할 것도 없죠. 사랑한다는 말에는 힘이 있거든요. 누구도 나를 떠올리지 않는 밤에도 누군가는 나를 떠올릴 것 같다는 기분 좋은 예감을 주는 힘, 이 길 끝에는 바라고 바랐던 풍경이 있을 것이라 기대감을 주는 힘, 밥 한 술을 더 뜨게 하는 힘, 견딜 수 있는 힘, 책임질 수 있는 힘, 미련을 훌훌 털어버릴 힘, 마음을 정돈할 힘, 나를 이끌 수 있는 힘, 편한 밤을 보내게 하는 힘, 숨을 쉬게 하는 힘. 이 세 문장의 조합이 힘껏 저를 내일로, 가을로 등을 밀어주는 듯합니다. 날이 많이 쌀쌀합니다. 새벽에 춥지 않게 창문을 꼭 닫고 자요. 좋은 건 나누라고 배웠습니다. 오늘이야말로 당신에게 이 말을 해야겠네요.

힘내. 가을이다. 사랑해!

머지않아
희망이 될 거야

열아홉의 너에게

(이 편지를 읽는 네가 열아홉이 아니어도 편지를 읽을 때만큼은 열아홉의 마음이 되어줬음 좋겠다.)

    우선은 안녕. 반가워. 줄여서 홉이라 불러도 될까? 굳이 너의 나이를 열아홉으로 가정한 이유는 간단해. 나와는 딱 10년이라는 시간의 공백이 있으니까. 너는 곧 20대가, 나는 곧 30대가 되니까. 20대를 맞이하는 마음과 30대를 맞이하는 마음은… 조금 다르네. 20대에서 30대가 되는 것은 크게 다른 것 같지는 않아. 나이의 숫자 앞자리만 바뀔 뿐이고 내가 20대에 만들어놓은 세계를 그대로 끌고 간다는 느낌이 있거든. 하지만 10대에서 20대의 문을 여는 네 마음은 사뭇 다를 것 같단 생각이 들어. 학생 때와는 다른 자유가 있잖아. 한순간에 모든 것이 바뀌어버리는 경험을 할 수 있는 어쩌면 유일한 시간인 것 같기도 해. 하루에 길게는 열 시간 혹은 그 이상을 보냈던 고등학교를 졸업하고 이제는 모든 선택을 스스로 해야 하는 때잖아. 전에는 너의 삶이든 공부든 가이드가 되어줬던 선생님의 존재가 흐릿해지고 이제부터는 본격적으로 너의 삶과 공부를 만들어 갈 시간이지. 이렇게 쓴다고 해서 하루아침에 너에게 모든 일을 해내라는 말은 아니야. 나도 못하는 걸 강요하고 싶진 않네.

한 달 전에 너와 같은 나이 또래 남자 애들을 인터뷰한 적 있었어. 신인 야구 선수들이야. 그 애들한테 공통적으로 한 질문이 있어. 자신에게 야구는 무엇이냐고. 그랬더니 돌아오는 대답이 뭐였게. 전부 비슷했어. '나에겐 전부, 삶의 모든 것, 없어서 안 되는 것….' 열한 명 모두 야구가 없는 삶을 상상해본 적이 없대. 신기하지? 30대를 코앞에 둔 나도 내 삶에 전부라고 말할 수 있는 게 없거든. 어쩌면 이제는 없

147

어졌다고 말하는 게 맞을 지도 몰라. 나도 열아홉 살 땐 분명 내 세상의 전부라고 여겼던 게 한두 개쯤은 있었거든. 지금 너에게도 있겠지? 네가 사랑하는 대상이든, 네가 아끼는 물건들이든. 너의 삶의 대부분 혹은 그 이상을 차지하는 것들 말이야.

나는 네가 그것들을 오래 지켰으면 해. 너의 전부로 계속 삼았으면 해. 누군가는 별로라고 지루하고 고리타분하다고 말할 수 있겠지. 앞으로 네가 만날 세상은 너무 거대하고 그만큼 다양한 사람들이 존재하는 곳이거든. 마냥 너의 모든 것을 존중하는 사람은 만나지 못할 수도 있어. 본격적으로 맞붙어야 할 시간인 거야. 너를 꾸준히 깎아내리는 사람, 너를 아무런 이유 없이 미워하는 사람, 일부러 네 취향을 무시하는 사람, 너의 목소리에 귀 기울이지 않는 사람 모두 존재하는 곳이야. 반대로 너를 꾸준히 사랑하는 사람, 너를 이유 없이 좋아하는 사람, 네 취향을 존중하는 사람, 네 목소리를 따라가는 사람도 있겠지. 당연히 후자가 많겠지만, 그거 아니? 너를 자주 주눅 들게 하고 별 볼 일 없는 사람처럼 만드는 것은 전자거든. 그리고 사랑하는 사람의 목소리보다 상처 주는 사람의 말소리가 더 크게 느껴질 때가 더 많을 거야. 그러니 지금 너의 전부로 생각하는 것들을 지킬 힘을 키워야 해. 그 사람들로부터 너를 지킬 수 있게.

어떻게 지켜야 할까? 진부하겠지만, 지금 너의 마음을 잊지 않고 적어둬. 기록에 게으르면 안 돼. 사진이든, 글이든 네가 느끼는 감정을 표현할 수 있다면 무엇이든 좋아. 한 장이어도 되고 한 줄이어도 괜찮아. 사진의 각도를 맞추고 문장을 다듬으라는 뜻이 아니야. 네 마음이 있으면 돼. 네가 어떤 생각을 했고 네가 어떤 마음을 겪었는지 쓰는 거야. 실은 최근에 내가 쓰고 있는 방법이야. 다이어리를 쓰고 있어. 딱 다섯 줄 정도. 그날 있었던 중요한 일과 내 마음을 쓰지. 3주 정도 쓰고 다시 읽는데, 이런 생각이 들더라. 나는 매번 하루를 지겨워하는 줄 알았는데 즐거워하기도 했구나. 다양한 방식으로 기뻤고 여러 감정으로 슬펐구나. 다이어리를 쓰는 게 즐거워서 열심히 하고 있어. 홉아, 내가 무엇을 할 때 즐거운지 알아두는 것만큼 중요한 게 없어. 분명 어느 순간엔 그것들이 즐겁지 않은 때가 오거든. 네가 지금 즐거워하는 것들이 나중엔 시시하거나 지루해질 때가 있을 거야. 즐거워하는 마음에도 기한이 있어. 그러니까 지금 당장은 가장 중요한 가치를 '즐거움'으로 둬 봐.

홉은 영어로 희망이지 않니. HOPE의 어원은 정확히 알수 없지만, 일부 어원학자들은 말해. 고대 게르만어 hupōną에서 시작했다고. 'hupōną'는 르완다어 hoberan에서 유래되었는데 '서로 부둥켜 포옹하는 것'을 의미한대. 부둥켜안고 싶을 정도로 좋아하는 것, 바라는 것이 곧 희망이 되었다는 이야기야.

판도라가 상자를 연 뒤 가장 마지막에 나왔다는 희망. 모든 슬픔과 모든 절망이 휩쓸고 지나간 뒤 희망이 있어 나아갈 수 있었던 시기를 떠올려 봐. 열아홉을 지나 스무 살을 목전에 둔 너도 바라왔던 희망들이 있겠지. 네가 지금 사랑하는 것들 또한 머지않아 너의 희망이 될 거야. 네가 무너지지 않게 뒤에서 받쳐주는 지지대가 될 거고 네가 도망치고 싶을 때 몸과 마음을 쉴 수 있게 하는 쉼터가 되겠지. 희망의 이름을 한 네가 희망을 포기하지 않았으면 좋겠다. 앞으로 3주 정도 남았구나. 어떤 희망의 시대가 열릴지 무척 기대되네. 어쨌든 너를, 희망을 포기하면 안 돼.

작가의
벽

글감은 무엇인가. 컴퓨터 앞에서 한참 생각하다 '작가의 벽'
이라는 말을 찾았습니다. '피로감과 저항감을 느끼고 쓰지
못하게 되는 현상'을 일컫는 말입니다. 벽은 언제나 허물어
야 하는 것이라는 신념을 가지려고 했으나 제가 종종 만나
는 이 벽은 마치 성벽 같습니다. 이 벽을 넘어가면 더 반듯하
고 멋진 세계가 있을 것 같은데, 넘어가지 못하고 둘레를 걷
고만 있는 것 같아요. 그 주변을 뱅글뱅글 돌고 있는 거죠.
그래서일까요? 작가의 벽이라는 단어가 제게는 낯설지 않
았습니다. 제게는 결코 삶과 떨어뜨려 놓을 수 없는 일이 된

글쓰기인데 '피로감과 저항감을 느끼고 쓰지 못하게 되는 현상'을 일컫는 말입니다.

백문백답이라는 메일링 연재를 하기 전에는 파도처럼 밀려오는 글감에 이리저리 흔들려 나아가는 날이 많았습니다. 흔들리는 건 정착하지 않다는 것이고 자유롭다는 것이죠. 무엇이든 쓸 수 있다는 말이기도 합니다. 파도는 무한할 것 같지만, 문제는 이 파도를 만드는 바다가 사실은 무한하고 깊은 바다가 아닌 인공적으로 조성된 호수라는 사실입니다. 과거의 제가 무언가를 생각하고 관찰하고 고민하면서 만든 호수죠. 요즘은 이 호수가 말라가는 것 같습니다. 생각은 하지 않는데 계속 호수의 글감만 빼온 탓입니다. 호수가 메마르면 어쩌겠어요. 파도는 치지 않고 호수 아래 바닥에 고이게 됩니다. 가뭄으로 큰 강의 물이 말라 물고기들이 바닥에 아주 조금 남아 있던 물웅덩이에 몰려 떼로 몰려 죽은 영상을 본 적 있습니다. 섬뜩한 장면이었지만 낯설지 않았어요.

사랑하는 일을 하다 보면 언젠가는 벽을 만나는 일이 생깁니다. 당신은 이미 경험했을지도 몰라요. 저는 단순히 이 '작가의 벽이 나를 얼마나 메마르게 하나.'를 말하고 싶은 게 아닙니다. 이 벽을 어떻게 넘어갈 것인가를 토론하고 싶은 거죠. 나름대로 찾은 방법이 글감은 무엇인가라는 글감을 쓰는 것이었습니다. 여행을 가거나 충분한 수면을 취하는 것도 제가 찾은 방법 중 하나입니다. 오늘은 다대포 해수욕장을 갔습니다. 부산에 있는, 일몰이 아름답다고 유명한 명소이기도 해요. 조수간만의 차가 커 일몰 시간에는 물이 자박자박하게 고이는데 그 물에 비치는 햇빛이 무척 아름다웠어요. 제주 협재해수욕장에서 만난 노을 같기도 했습니다. 수면에 비친 햇살을 밟고 싶어서 앞으로 앞으로 걷는데 빛은 자꾸만 멀어졌습니다. 꼭 영영 닿을 수 없다는 것을 알려주는 것처럼요. 사람들은 각자의 방식으로 노을을 취하고 있었죠. 노래를 듣거나 백사장을 걷거나 사진을 찍거나, 아름다운 풍경을 즐기지 못하고 앞으로만 걷는 제가 미련해 보이기도 했습니다.

저는 영원히 사랑할 것이 필요했습니다. 나를 떠나가지 않을 친구와 동료와 동물과 세계와 가치관 등등. 글은 그것들을 오래 붙잡기 위한 수단이었습니다. 저는 글로 내가 당신을 얼마나 사랑하는지에 대해, 내가 얼마나 세상에 관심이 많은지에 대해, 또 다른 생명을 존중하는지에 대해 썼었죠. 쓰고 또 쓰다 보니 이제는 잡히는 것들이 있습니다. 세상에 영원히 사랑할 수 있는 것은 많지 않고 만약 있다고 하더라도 그것들은 오로지 내 손에 잡히는 것이어야 한다고요. 사람은 흔들리는 존재이고 자아는 수십 번 교정되며 가치관은 무너지기도 하고 다시 세워지기도 합니다. '영원히' 사랑할 수 있는 게 생각보다 많이 없어요. 내가 내 곁에 오래도록 둘 수 있는 건 내 손으로 해낸 성공들이죠. 내가 달성한 목표라거나 내가 이루어낸 성취라거나… 사랑을 증명하는 가장 빠른 길은 한 편의 글을 완성하는 것입니다. 나는 나를 미완의 상태로 두지 않을 책임이 있어요. 다대포의 노을은 잡아서 온전히 가질 수는 없지만 그 노을이 얼마나 아름다웠는지 설명할 수는 있죠. 풍경을 내 것으로 소화하는 방법이기도 합니다.

'글감은 무엇인가?'가 글감 그 자체가 되었던 것처럼, 작가의 벽을 넘어가는 것은 이 벽의 둘레를 따라 걸으며 쓰는 일밖에 없습니다. 지금 당장은 드높아보여도 그래도 관찰하며 생각하며 걷는 것, 체력을 비축하고 틈틈이 미완의 나를 완성해가며 벽을 넘어갈 방법을 궁리해보는 것. 정착을 두려워하고 흔들리는 일을 멈추지 않는 것. 꽤 해볼 만하다 생각하고 살아가는 것. 이게 제가 택한 방법입니다. 당신은 당신의 벽을 넘어가고 있나요? 알려주면 고맙겠어요.

착각이라는
마법

작가에게 가장 필요한 재능은 무엇인가. 문장력? 머리? 인내심? 집중력? 경청하는 자세? 놀랍게도 착각이란다. '내가 시인이나 소설가가 될 수 있다'는 착각. 정지돈 소설가는 썼다.

이건 굉장히 슬픈 지점이다. 만약 작가를 만드는 요인이 남다른 언어감각 같은 실질적인 재능이 아니라 스스로에 대한 착각과 자신감이라면, 많은 작가들이 왜 그렇게 덜되어먹은 건지 알 수 있기 때문이다. 동시에 뭔가를 해내는 인간들의 성취 중 많은 경우가 단지 자기 확신 때문에 가능했다는 사실은 세상이 왜 이렇게 엉망인지 알려주는 것 같다. 자기 확신은 완벽한 픽션인데, 사실 인간은 픽션적 존재고 세계(역사)는 픽션의 실현과 재현의 교차로 이루어지므로 픽션에 대한 확신이 그것을 실현시켜주는 원동력이 되는 건 당연한 일이다.(정지돈, 『당신을 위한 것이나 당신의 것은 아닌』, 문학동네, 2021)

착각에서 깨어나는 순간을 알고 있다. 첫 책을 쓰고 나서는 어느 정도 '작가'라는 타이틀에 도취되어 있기도 했으나 몇 주 전 신간 회의를 위해 만난 편집자님에게는 '다시는 첫 책과 같은 글을 쓰지 못할 것 같다'고 선언했다. 어쩜 그렇게 뻔뻔하게 사랑 타령만 할 수 있었는지. 내겐 더할 나위 없는 재능이었다. 나도 내가 존경하는 작가들처럼 작가가 될 수 있다는 착각에 빠져서 사는 게 내게 날개를 달아준 것이다. 무슨 글이든 마구잡이로 썼다. 나는 멋진 작가가 될 테니까. 무슨 문장이든 화려하게 덧붙였다. 나는 대단한 작가가 될 테니까. 아이러니한 것은 착각 속에 빠져 있을 때 나는 가장 자유로웠다.

어쩔 수 없이 현실을 깨닫고 내가 세계에 비해 지나치게 작은 사람이라는 것을 알게 되고, 내가 하는 말이나 문장은 세상에 어떤 영향도 미치지 않는다는 걸 알게 되는 순간들이 있다. 나의 위치나 자세를 깨닫는 과정이기도 하지만, 사실 내 삶에는 아무런 도움도 되지 않는다. 나는 내가 얼마나 작고 별 볼 일 없는 사람인지 깨달을 때마다 방의 구석으로, 세상의 경계 안쪽으로 움츠러들었다. 숨어버리는 게 제일 쉬웠다. 글도 못 썼다. 이런 글을 누가 읽어주느냐는 마음이었다.

자기 확신은 별 게 아니다. 내가 나를 증명하고 사소한 결과물이라도 가지는 것이 자기 확신을 가지는 이로운 방법 중 하나지만, 가장 빠르고 뛰어난 방법은 아예 착각해버리는 것이다. 나는 평범치 않은 사람이고 사회에 대단한 족적을 남길 것이고 내 기록물이나 창작물들은 역사에 기록될 것이라는 착각. 거만한 것과는 다르다. 내가 내게 가지는 착각, 자기 확신은 원동력이 된다. 평범하지 않은 사람이 평범하게 하루를 지내진 않는다. 더 많은 운동을 하거나 글을 쓰고 책을 읽게 되는 것이다. 착각은 동력이 된다. 픽션에 대한 확신이 원동력이 되는 것.

픽션의 실현과 재현의 교차가 이루어지는 이 세계에서 맞서고 내 일을 지키며 나아갈 방법은 하나다. 착각이라는 마법을 부리는 것. 내가 착한 사람이라는 착각은 내가 더 많은 선의를 베풀 수 있게 나를 이끌 것이며, 내가 용감한 사람이라는 착각은 내가 불평등한 자리나 상황에서 목소리를 낼 수 있게 나를 이끌 것이며, 내가 부지런한 사람이라는 착각은 내가 좋아하는 일과 운동과 기록들을 매일 할 수 있게 나를 이끌 것이다. 사랑과 낭만과 다정에 있어서도 그렇다. 내가 다정한 사람이란 착각은 누구에게나 다정할 수 있게 관점을 바꾸어버릴 것이고 내가 낭만적인 사람이라는 착각은 세상의 모든 조각들을 면밀히 살펴보는 데에 도움을 줄 것이다. 내가 하는 사랑이 귀하다는 착각은 어느 누구도 소외시키지 않는 방향으로 뚜벅뚜벅 나아갈 것이다. 내 모든 착각은 나의 발걸음 아래서 아주 힘차게 나를 세상 밖으로 밀어낼지도 모른다. 가장 위대한 자유를 품은 세계의 바깥으로.

후회가 없는
세계

제주에 와서 하루 단위로 계획을 짜고 있어. 일주일 정도 시간이 있으니까 더더욱 마음이 조급해지는 거 있지. 여기도 보고, 저기도 보고. 제주 사람들이 좋아하는 현지 맛집도 가보고, 창밖 풍경이 일품인 카페도 가야 하고, 여행 루틴인 서점도 들러야 하는데. 갈 곳은 이렇게 많은데 시간은 영 부족한 것만 같고. 여행 올 때마다 부지런해지는 삶이 좋다가도 한편으로는 주어진 미션을 수행하듯 여행을 하는 게 맞는 걸까 생각이 들어. 시간을 천천히 즐겨보겠다고 결심했지만, 사실 나는 시간을 그냥 그냥 보내는 게 너무 아깝거든.

'여기까지 왔는데 본전은 뽑아야지.'라는 가성비에 절여진 본심이 스멀스멀 올라오기도 해. 언제 다시 올 줄 알고, 이런 변명을 붙이면서.

한 달간 길목에 두고 온 사람들을 생각하며 지냈어. 사람들뿐만 아니라 어떤 순간들까지 자꾸 돌아보기도 했어. 리포트를 쓰다가도 미리 해놓지 않은 나의 안일함에 눈물 흘리며 침대에 핑핑 누워 있던 지난날을 떠올렸지. 다시 돌아갈 수만 있다면 저런 짓은 하지 않을 텐데. 삿포로나 런던이나 제주나 강릉을 떠나면서도 생각했어. 그날 하루는 제대로 놀아볼걸, 여기도 다녀올걸, 하면서. 작가라는 직업 덕분인지 몰라도 과거를 곱씹는 데는 타고 났어. 특히 책이나 글과 관련된 후회는 이루 말할 수도 없지. 그런 글은 쓰지 말걸, 책에 조금 더 심혈을 기울여볼걸. 다시 쓰고 싶은 문장과 낱말은 얼마나 많은지.

특히 첫 책을 내고 나선 얼굴을 못 들었지. 내 말들이 너무 낯간지러운 것 같아서. 이미 사랑은 비주류인 시대로 접어드는데 이렇게 너절한 감정들을 널어뜨려놓은 내가 너무 유난스러워 보였거든. 사랑의 시옷도 제대로 해보지 못한 것 같은데 사랑을 또박또박 쓰는 게 맞나란 생각에 책을 제대로 펴지 못했었거든. 유난스럽다는 말을 싫어해서일지도 몰라. 어떤 사랑을 했냐는 질문엔 그냥 아무런 말을 덧붙이지 않기로 홀로 묵언수행을 약속했어.

　내가 가끔 떠올리는 이상향의 세계가 몇 있거든. 절망이 없는 세계, 악몽이 없는 세계, 그리고 후회가 없는 세계. 여행을 떠나올 때마다 유독 생각하게 돼. 후회가 없는 세계는 얼마나 보람찰까. 적어도 순익을 따지면서 살아가진 않지 않을까. 그 세계에선 지금 하고 싶은 것, 지금 먹고 싶은 것, 지금 가고 싶은 곳. 그것들을 해냈다는 이유만으로, 설령 내가 놓치거나 차마 보지 못한 곳이 있어도 다음을 위한 여지로 남겨둘 수 있지 않을까. 돌아보지 않고 앞으로만 나아갈 수도 있지 않을까. 오늘의 아쉬움은 뒤로 하고 내일에 대한 설렘과 기쁨으로 살 수도 있지 않을까. 너는 어떨 것 같니?

　고작 4분의 1을 살아놓고도 할 수 있는 후회가 이렇게 많은데, 앞으론 어떻게 될까. 더 많은 후회가 고봉밥처럼 쌓여서 돌이켜 생각할 때마다 한 입씩 먹으면서도 체하는 건 아닐까. 후회가 없는 세계의 요건은 무엇인지, 부랴부랴 검색을 했어.

　미국 컬럼비아대 교수 샤이 다비다이는 인간의 자아가

세 가지 종류로 구분된다고 썼어. 실제적 자아, 이상적 자아, 의무적인 자아지. 실제적 자아는 말마따나 내가 이미 가지고 있는 것들로 이루어진 자아, 이상적 자아는 희망, 목표, 열망, 소망처럼 내가 이상적으로 소유하고 싶어지는 자아, 의무적인 자아는 의무나 책임에 근거한 자아로, 자신이나 타인이 부과한 의무에 스스로 맞춰야 한다고 여기는 자기 모습이래. 다비다이는 연구를 통해 한 가지 특징을 알아냈는데, 실험 참가자들의 대다수가 실제적 자아와 이상적 자아의 불일치도가 클수록 더욱 자주, 오래 후회를 했다는 거야.

이상적 자아의 모습이 거대할수록, 추상적이고 광범위한 목표를 가질수록, 실천 전략이나 계획이 없을수록, 실제로 하지 않을수록 더 많이 후회한대. 구체적이고 단계적이고 현실적인 세세한 목표가 있을 때 덜 후회할 수 있게 되는 거지. 이 문장을 보자마자 계획을 조금 바꿨어. 내일은 브런치를 먹고 카페를 갔다가 서점을 들르기로. 알아봐놓은 식당만 무려 열 곳이 넘는데 이걸 다 해낼 생각에(무슨 위가 무한대도 아니고) 온몸이 피곤했나. 긴장이 풀린다.

내가 아무리 후회해도 돌아오지 않는 순간과 사람과 삶이 있지. 덜 후회하려면 더욱 살아갈 수밖에 없는 거야. 살면서 내가 길 위에 두고 온 미련들을 하나씩 주워나가는 거지. 돌아보느라 나아가지 않는 게 아니라, 돌아봤기에 나아갈 수 있는 거야. 더 나은 경우의 수가 있다는 걸 아니까. 후회가 없는 세계야말로 금방 우리 손에 잡힐 것 같지 않니. 아주 작고 사소한 순간들을 목표로 하면서 살아보자. 거대한 목표를 세우고 달성해야 한단 압박감에 짓눌리지 말자. 더 납작해지지 말자. 현실을 가득가득 채우자.

어느 순간 나아가는 삶에 적응한 너와 나를 떠올리고 있어.

현실이라는 시간을 열심히 뛰어노는 너를.

모든 여행과 사랑에서 자유로워진 우리를.

악몽이 없는
세계

두 시간 겨우 자고 운동을 다녀왔어. 수면 시간이 부족하면 신체 에너지가 떨어지고 몸의 가동 범위가 줄어드는 거 혹시 알고 있니. 무게를 달지 않은 레그 프레스를 다리로 밀면서 고되다는 생각을 했어. 잘 움직이기 위해서 잘 자는 것이 중요하구나. 오전 내내 수면과 운동의 상관관계에 대해 생각했단다. 낮과 밤의 타임라인이 꼬인 지는 꽤 오래됐어. 다른 사람들은 점심을 먹고 커피 한 잔 할 시간에 일어나 침대에서 빈둥거리다가 느지막이 몸을 움직여. 보통 5시쯤에 첫 끼니를 챙기고 자정이 다 돼서 두 번째 끼니를 챙기곤 해. 마

지막으로 세 끼니 다 챙겨본 게 언제인지 기억도 안 나. 두 번째 끼니를 먹고 나면 새벽 2시쯤 되거든. 배는 부르고 정신은 또렷하고… 낮에 미룬 일들을 하나씩 하다 보면 아침이 와. 네가 현관문을 나설 때 나는 비척대면서 침실로 걸어가지. 이 패턴 정말 바꿔야 하는데, 매일 같은 생각을 하면서 말이야.

그렇게 누우면 잠도 쉽게 안 와. 엉망이 된 타임라인을 제자리로 맞추어야 한단 걱정과 염려가 뒤섞여서 차라리 밤을 새우는 게 나을지도 모르겠단 결론을 내리거든. 그래, 밤을 새우고 다들 잘 때 자고 다들 일어날 때 일어나자. 오기로 아침을 버티고 있으면 오전쯤엔 슬슬 눈이 감겨. 어처구니가 없을 정도로 다짐은 무마되고 나는 또 생각해. 꼭 남들이랑 같은 시간대에 활동해야 하나, 그냥 자자. 신이 나를 만들었을 때 조금 더 섞어 넣어둔 것은 합리화하는 능력이 아닐까 싶어. 어느새 자기합리화의 고단수가 되어서 까무룩 잠이 든다.

웃긴 건 겨우 잠들어놓고도 푹 자는 건 아니라는 거야. 깨어 있는 나보다 상상력이 뛰어난 무의식 중의 나는 별의별 이야기를 다뤄. 고대하던 콘서트 티켓팅을 실패해서 양도 티켓을 찾는 꿈, 강이와 연이가 한순간 나를 떠나가는 꿈, 멸망한 지구에서 최후의 인류가 된 꿈, 지옥에 떨어져 신의 판단대로 몸을 움직이는 꿈. 꿈에서까지 멀미가 이는 기분이 들어 눈을 뜨면 익숙한 천장과 모빌이 보이지. 상의는 흠뻑 젖어 있고 해는 중천에 떠 있어. 아무런 꿈을 꾸지 않고 자본 게 언젠지 세 끼니를 챙겨 먹은 기억보다 아득하다. 어쩌다 한 시간 남짓 자더라도 푹 자게 되면 온종일 기분이 좋아. 선잠을 들지 않고 숙면을 취했다는 사실이, 잠시나마 현실보다 꿈이 나은 건지 꿈보다 현실이 나은 건지 가늠하지 않아도 된다는 사실이, 꿈을 꿈으로 둘 수 있다는 사실이.

　잠드는 게 두려워 잘 수 없게 된 사람이 있다면, 믿을 수 있겠니. 워낙 많은 꿈을 꾸니까 점점 자는 게 버거워져. 언젠가 그랬던 것처럼 미라클 모닝 루틴을 세워보고 싶고, 새벽의 차가운 공기를 느끼며 거리를 나서보고 싶어. 너를 꿈나라로 배웅하며 나도 같이 잠들어보고 싶어. 악몽이 두렵지 않은, 바야흐로 악몽이 없는 세계는 얼마나 아름다울까.

　언젠가 네가 그랬지. 내일이 두려워 잠드는 게 두렵다고. 세상의 모든 일이 미심쩍고 너는 작은 확신조차 없는 사람이 되었다고. 악몽이 없는 세계에선 확신만이 가득 찰 거야. 세상이 의심스러울 땐, 두려울 땐 잠시나마 꿈으로 도피할 수 있으니까. 깊게 잠들 수 있으니까. 일어나면 꿈과 다른 현실이 더 아쉬워 보일지도 모르지만, 그래도 꿈과 현실의 괴리를 가늠하지 않을 수 있잖아. 비교군이 없는 삶은 살아본 적 없으니 욕심이 나. 푹 자고 일어나 반질반질한 얼굴을 할 너를 떠올려보면 더욱더 탐이 나기도 해.

내가 너를 사랑하는 게 너의 용기가 될 수 있을까? 가끔 생각해. 삶의 대부분의 날은 불확실하겠지만 묘한 확신이 생기는 날도 있다고 말한다면, 네게 도움이 될까? 누군가 무너뜨리지 않아도 무너지는 밤이 있고 누군가 일으켜주지 않아도 일어서는 밤이 있다고 하면, 불행은 생각보다 평범하고 시시한 모습으로 우리 곁에 있다고 말한다면, 너와 내가 더 잘 잘 수 있을까?

푹 잤으면 좋겠어. 내 욕심에서 비롯된 말이라는 걸 알지만, 네가 더는 아무런 꿈을 꾸지 않았으면 좋겠다. 너무 어려울지도 모르니까 꿈을 다루는 법을 알았으면 좋겠어. 꿈에서는 네가 원하는 사람과 원하는 모습과 원하는 장소와 원하는 말과 행동을 했으면 좋겠어. 푹 자고 일어나서 어느 날은 아주 실낱같은 희망에 기대어 살았으면 좋겠어. 늘 확신에 차지 않아도 돼. 늘 극복하지 않아도 돼. 지고 싶은 날은 졌다가 다시 일어나기만 하면 돼.

부디 네가 새벽에 이 편지를 열어보지 않기를 바라며.

오늘만은 악몽이 없는 세계에서.

잘 자.

Dreams
come true

뒤늦게나마 리포트를 제출하고 하루를 꼬박 잤어. 머리만 대면 도망가고 싶었던 사람처럼 급하게 잠이 들었지. 꿈에서 나는 A$^+$가 떡하니 적힌 성적표를 받아들고 두근거리는 심장께를 움켜쥐고 있더라고. 며칠 나를 괴롭히던 철학가 중 한 명인 프로이트가 말했어. 꿈은 그 사람의 무의식 세계로 통하는 길이라고. 모든 꿈은 깨어 있는 동안의 정신 활동과 연결되어 있다고 말이야. 그래서일까. 아쉬운 일이 있으면 밤에 바로 그 일을 마땅히 해내는 꿈을 꿔. 헤어진 사람을 잡는 꿈, 친구와 관계를 회복하는 꿈, 다른 선택을 하는 꿈,

다시 살아가는 꿈. 내게 꿈은 언제나 재도전의 장인 거지. 그 꿈에서 나는 실패하는 일이 없고, 내게 후회하는 일도 없어. 시간에 쫓겨 일을 마무리하고 난 뒤엔 일부러라도 꼭 잤어. 요란하게 굴어도 꿈에서 나는 현실의 나보다 유능하고 단단하고 완벽하거든. 고민하는 시간의 길이도 짧았어. 오랜 시간 꿈을 나의 도피처로 삼았지. 꿈의 나는 내가 원하는 것이 무엇인지 완벽하게 알았으니까.

비교군이 있으니 더 외로워지더라. 꿈의 완벽한 나를 조우하고 눈을 뜨면, 형편없는 내가 이불을 발로 차고 맨몸으로 덜렁 누워 있었거든. 핸드폰에는 내가 한 선택으로 일어난 일들의 알람이 차곡차곡 쌓여 있었지. 현실에서 나는 꼭 다른 좋은 수가 있는데 나쁜 수만 일부러 선택하는 사람 같기도 했어. 그리고 다시 자고, 다시 한 번의 기회를 받고, 일어나고, 다시 슬퍼하고. 이렇게 계속 슬퍼만 하면 어떡하지?

절망하는 지점이 매번 비슷하듯, 일어서는 지점도 매번 비슷해. 내가 절망에서 일어나는 방법 중 하나는 연이의 품에 머리를 밀고 얼굴을 묻는 거야. 내가 잘한 선택 중 하나인 강과 연이는 좀처럼 꿈에 나오는 법이 없어. 두 마리의 고양이를 내 세상에 들인 이후로는 한 번도 후회한 적 없었거든.

내 꿈에 나오지 않는 아이들을 안고 있으면 살아야 하는 이유가 하나씩 보였어. 꿈에는 이 품이 없으니까. 따끈하고 친절하고 응석받이인 얘네가 없으니까. 아무리 요란한 꿈을 꾼 날이어도 고양이들은 머리맡에 있었어. 꼭 여긴 우리가 있다고 말하는 것처럼 말이야. 언제나 그 자리에.

나에게도 조금 더 나은 삶으로 가기 위한 기회가, 무수한 사람들이 주었을 선택지가, 더 괜찮은 찰나를 위한 오늘이 있었을지도 모르지. 놓치지 않고 그 순간을 잡았더라면 나는 더 비범한 인물이 되었을 테고. 꿈의 나처럼.

그래도 완벽한 삶에도 흠집이 있을 거라 생각하며 글을 마무리 짓고 싶진 않아. 꿈의 나도 고통스러울 거라고 어림짐작하며 현실을 달래고 싶지도 않고. 그런 나도 있고 이런 나도 있는 거겠지. 고통스러운 나도 있고 고통스럽지 않은 나도 있어. 괴로운 나도 있고 만족한 나도 있어. 우는 나도 있고 웃는 나도 있어. 즐거운 나도 있고 비참한 나도 있어. 완전한 나도 있고 불완전한 나도 있어. 실수하지 않기 위해 애쓰는 나도 있고 실수하고도 뻔뻔히 살아가는 나도 있어. 인정하면 편해져. 꿈의 나는 꿈일 뿐이고, 나는 지금 이곳에 있다고. 이 자리에 남아 있기 때문에 할 수 있는 생각과 입을 수 있는 옷과 누울 수 있는 자리와 쓸 수 있는 글이 있지. 모든 것이 제자리에 있는 삶을 사랑해볼까. 변하지 않아 다행이라고 여겨볼까. 멈추지 않아볼까. 희망해볼까. 용서해볼까.

이제야 아침이 오는 것 같아.

이것들이
무슨 의미가 있는가

길을 걷다 지치면 그늘로 몸을 피하듯, 목이 마르면 페트병에 받아온 물을 마시며 축이듯 제게는 삶으로부터 도피하고 싶을 때마다 읽는 시 한 편이 있습니다. 외우려고 한 것은 아니었는데 도망친 날들이 많아 자연스레 외워진 시입니다.

봄의 정원으로 오라

이곳에 꽃과 촛불이 있으니

만일 당신이 오지 않는다면

이것들이 무슨 의미가 있는가

그리고, 만일 당신이 온다면

이것들이 또한 무슨 의미가 있는가

　　　　　　　　—「봄의 정원으로 오라」, 잘랄루딘 루미.

　보자마자 반한 시입니다. 이 문장의 그늘에서 몸을 피할 때마다 시인을 만나 이 시의 좋은 점과 사랑스러운 점을 경외하는 마음으로 알려주고 싶단 생각을 종종 하곤 합니다. 당신이 떠나고 100년이 지난 뒤에도 누군가는 아직 당신의 언어를 그늘로 삼고 있다는 것을 아는지에 대해서도요. 말을 전할 길이 없으니 더 많은 이들에게 이 시를 알리고자 편지에 담습니다. 당신에게도 그늘이 되었으면 좋겠군요.

　타국에서 처음 읽은 글이었습니다. 셰어하우스 1층 거실 창틀 옆에는 하얀 책장이 있었습니다. 『아프니까 청춘이다』, 『런던 미술관 산책』을 비롯해 여러 책들이 뒤죽박죽 꽂혀 있었습니다. 여행객들과 유학생들이 타국에서 읽으려고 가져왔다가 두고 간 것들이었죠. 하우스 언니들은 제게 줄곧 말했습니다. "읽고 싶으면 가져가서 읽어, 그리고 가져도 돼." 바로 한 권을 꺼내들었지만 왠지 내가 가진 것도 하나 내놓아야 될 것 같아 하우스를 떠날 땐 소설책 한 권을 두고 왔습니다. 그렇게 손에 든 책이 루미의 시가 실린 『사랑하라 한 번도 상처받지 않은 것처럼』입니다. 이 책을 들고 온 이유도 순전히 루미의 시 때문이었습니다. 이 문장만 있으면, 나는 언제든 어디서는 '환대'받는 사람이 될 수 있을 것 같아서였죠.

　루미는 누구에게나 항상 청렴하고 항상 타인을 존중하고 사랑하도록 가르쳤다고 전해집니다. 가르침이 시에도 듬뿍 담긴 듯 시를 읽을 때마다 화사한 봄의 정원으로 초대받은 것 같은 기분이 듭니다. '환대'라는 말이 모처럼 와 닿지 않는 계절입니다. 돌아온 사람을 버선발로 마중을 나가 환영하는 것도, 몇날 며칠 답장을 기다리며 우편함을 열어보는 것도 2000년대 초반 로맨스 영화에서나 나올 것 같습니다. 돌아온 이를 안아보았던 건 언제인지 가늠조차 되지 않습니다. 마찬가지로 나를 환대하는 세상을 느껴본 지도 오래되었습니다. 나는 이 세상에 버젓이 살아가고 있는데, 세상에는 내가 없는 기분이 무엇인지. 당신은 아실런지요.

　저는 이 시로 '환대'를 깨닫습니다. 어떤 문장은 꼭 거대한 품처럼 느껴지기도 합니다. 돌아온 나를 두 팔 벌려 환영하는 품처럼, 내게로 오는 모든 사람을 꽃과 촛불을 뛰어넘는 귀한 존재로 인지하게 하는 품처럼.

　　당신이 충분히 귀하다는 것을 알고 있을 테지만, 당신을 보듬어줄 품이 필요할 때는 이 문장을 떠올렸으면 하는 마음입니다. 당신의 존재가 부질없고 쓸모없고 비루하게만 보일 때, 꼭 이 문장을 안아보았으면 좋겠습니다. 당신이 있기에 세상 모든 것이 의미를 얻고 당신이 없기에 세상 모든 것이 의미를 잃는다는 것. 아주 중요하지만 그럼에도 우리가 가장 자주 잊는 진실을요.

산다는 건
이별하는 것

감정을 통제하는 방법에 대해 물으신다면 대답해드리는 게 인지상정이죠.

라고 적어놓고 열심히 헤맸습니다. 책상에 앉은 시간이 10시니까 다섯 시간이 지났네요. 다섯 시간 동안 생각해봐도 마땅히 떠오르는 게 없네요. 굳이 답을 적자면 '모르겠다'에 가까울 것 같습니다. 누군가를 사랑하다 보면 자주 불안해지는 것, 저 역시 알고 있습니다. 네가 내 사랑을 만족하지 못하면 어떡하지, 내 사랑이 올곧게 와닿지 않으면 어떡하지, 내가 생각하는 것보다 훨씬 많이 너를 사랑하게 되면 어떡하지. 질문으로 시작한 밤은 어떤 답도 내리지 못한 채 흘러갑니다. 떠오른 해를 보면서, 지금쯤이면 일어나 부지런히 하루를 준비하는 얼굴이 그리워지기만 하죠. '그래도 역시 나는 네가 좋다'는 결론밖에 나오지 않았습니다. 정해진 감정을 정해진 용량으로 정해진 사람에게 쏟을 수 있다면, 얼마나 좋을까요. 어째서 신은 감정을 우리에게 쥐어주고 이토록 모르는 척하는 것일까요? 사랑을 할 수 있는 마음을 주었다면 그 마음에 제동을 가하는 방법도 마땅히 알려주면 좋았을 텐데요.

신 역시 그 방법을 찾지 못한 게 아닐까요? 오늘은 일요일마다 우리 할머니 소분 씨의 위로였고 노래였고 낮이었고 휴일이었던 프로그램 〈전국노래자랑〉의 최고령 진행자, 송해 선생님이 돌아가셨습니다. 한 번도 뵙지 못했지만, 그저 어린 시절부터 '전국'을 쩌렁쩌렁 외치던 목소리가 저의 노래고 낮이고 휴일이었기도 해서 가까운 할아버지가 돌아가신 것 같습니다. 송해 선생님이 실시간 검색어에 오를 때마다 조마조마한 마음으로 검색어를 눌러보았던 시절도 생각나네요. 먼저 떠나보낸 아들과 부인을 만나러 가셨단 기사를 보았습니다.

"빈자리는 뭐로도 못 채우죠. 아내하고 나하고 세상 떠난 아이하고 찍은 사진이 있어요. 남은 사람도 그렇겠지만 간 사람은 또 얼마나 보고 싶을까 싶어서 함께 찍은 사진을 묘에 넣어주려다가 내가 보고 싶을 때는 어떡해… 차마 넣지 못하고 도로 가져왔어요."

생전 선생님이 한 예능프로에서 하신 말씀입니다. 다음으로는 송해 선생님이 떠나보낸 이들이 천천히 나옵니다. 마지막 인사도 못 드린 북한에 계신 어머니, 피란 도중 총에 맞아 마지막까지 내 이름을 부르던 소꿉친구 익규, 몸보다 사랑하던 아들, 희극으로 울고 웃던 내 동료들, 전국을 함께 유랑하던 30년지기 김인협 악단장, 생각만으로 사무치는 아내. 그리고 마지막 문장이 나옵니다.

"92년간의 삶이란 곧 92년간의 이별."

향년 96세셨으니 4년을 더 이별하고 사셨겠죠. 이별하는 와중에도 일요일마다 재밌고 유쾌하게 노래자랑을 여셨고요. 독자님, 신이 우리에게 감정을 제어하는 방법을 알려주지 않은 이유는 무엇일까요. 정말로 신도 방법을 찾지 못한 게 아닐까요? 세상엔 죽을 때까지 답을 모르는 일들이 있습니다. 96년간의 삶을 살면서도 찾아오는 이별에 우셨고 다가오는 만남에 기뻐했던 선생님의 얼굴이 떠오르네요. 꼭 무언가에 대한 답을 알아야 비로소 '성숙'해진다고 말하긴 어렵습니다. 살아가면서 푸는 문제가 있죠. 문제에 대한 답을 찾아가며 여러 실수와 잘못된 선택과 후회와 미련을 거치면서 우리는 답보다는 노하우 같은 걸 알게 되잖아요. 어떻게 해야 실수를 줄일 수 있는지, 진정으로 내 마음이 원하는 것이 무엇인지에 대해서 말이죠.

그러니 지금 당장 해법 같은 건 모르셔도 괜찮다고 말해드리고 싶습니다. 한계 없는 불안에 무너질 수 있다면, 한계 없는 행복에 일어날 수 있는 거 아니겠어요. 혼자서 해결하지 못하는 답은 같이 해결할 수도 있어요. 사랑은 목적지를 모르고 떠나면서 발을 맞추는 즉흥여행 같잖아요. 바람을 온몸으로 맞고 그늘 아래로 뜨거운 햇살을 피하며 목을 축이고 다시 또 걸어가는 즐거운 사랑하시길 바랍니다. 살아가며 얼마나 많은 이별을 하겠어요. 지금 독자님 곁에 있는 사람은 이별하지 않은, 영원의 세계로 떠나지 않은 사람입니다. 귀하기도 하죠. 한 번 꼭 껴안고 충분한 대화와 웃음과 사랑을 나눈 뒤 다시 열심히 떠나보세요.

그럼 재밌는 여정되시길 바랍니다.

Part 4

o

바람이나
쐬러 가자

당신은 한 달에 두어 번 돌아오는 쉬는 날마다 다같이 '바람이나 쐬러 가자'고 말했습니다. 우리는 또 바람을 쐬러 나가냐, 뭐하러 쉬는 날 멀리 가느냐 군소리를 하면서도 휴일마다 각자의 짐을 챙겼지요. 우리가 함께한 여행지를 꼽으면 아마 국내 지도의 5분의 1 정도 면적은 되지 않을까 생각하고 있습니다. 갓난아기 때부터 다닌 사진이 있으니 어쩌면 제가 생각하는 것보다 많을 수도 있겠네요.

2주 전에는 함께 경주 감포읍에 있는 작은 해수욕장을 다녀왔었죠. 파도가 바람에 몸을 맡긴 것마냥 몸을 크게 부풀렸었습니다. 악명 높은 바닷바람을 맞으며 나와 동생은 자갈밭을 가로질렀습니다. 기껏 만진 머리도, 옷도 다 흐트러진 채로요. 정작 당신은 멀리서 우리를 지켜보다 다시 차 안으로 들어갔습니다. 등대가 있는 방파제를 걸을 땐 춥다고 차에서 나오지도 않았지요.

저는 문득 의아했습니다. 바람을 쐬고 싶다고 말하면서 정작 바람은 맞지 않고 차에만 머무는 당신의 모습이 영 탐탁지 않은 날도 있었습니다. 돌아오는 차에선 바깥 풍경을 바라보다 스르륵 잠들어버리고, 유명한 음식점에서는 변변치 않다는 눈빛을 쏘아대고, 재밌게 웃다가도 가게에서 나오면 돈을 아까워했죠. 당신이 소리 내어 웃는 모습을 보겠다고 되도 않는 말을 하느라 여행 내내 어릿광대가 된 기분을 느낀 저는 그만 당신에게 실언을 해버렸습니다.

"이상하다. 친구랑 왔을 땐 재밌었는데."

이 말은 꽤 두고두고 후회하고 있습니다. 반성합니다. 말을 들은 당신은 내 손을 꽉 쥐고 팔 사이로 끼워 넣으며 대답했죠.

"부모랑 여행 오면 그럴 수밖에 없다."

그럴 수밖에 없는 것은 무엇일까요? 하고 많은 대답 중에서 왜 하필 '그럴 수밖에 없다.'인 것일까요? 당신의 말을 오래 생각했으나 선뜻 정답이 떠오르진 않습니다. 다만 우리가 봤던 모든 풍경, 우리가 겪었던 모든 경험, 우리가 먹었던 모든 음식이 전부 당신에겐 금전적 가치로 환산되고 있다는 건 알 수 있었습니다.

　알게 모르게 당신에게 거짓말해 온 일들도 생각이 납니다. 이런 걸 왜 돈 주고 샀느냐는 당신의 물음에 친구가 선물해줬다고 대답했던 것, 새 옷을 보면서 얼마냐 묻는 말에 중고나라서 샀다고 했던 것, 사실은 새것으로 제가 산 거였습니다. 금전 문제에 관해서라면 언제나 거짓말쟁이가 되었었죠. 당신에게 선물을 할 때마다 돈이 아깝다는 소리가 나오는 게 싫어 이제는 암묵적으로 '돈 아깝단 말하지 않기'를 전제하고 있습니다.

　억척스러울 정도로 돈, 돈, 돈을 말하는 당신이 바람은 왜 그렇게 쐬고 싶어 하는 것인지. 당신의 억척스러움은 어디서 비롯된 것인지. 우리를 옥죄던 가난은 아직도 우리와 살아가고 있는 것인지. 가난이 우리를 오래 붙잡아둬서 마음마저 가난해져버린 것인지. 혹시 당신의 족쇄엔 내 이름도 있는지. 묻고 싶은 말이 많았습니다. 당신이 사이판을 노래하는 얼굴을 보지 않았더라면 언젠가 한 번쯤은 홧김에라도 저질렀을지도 모릅니다.

코로나 바이러스가 끝나면 꼭 사이판을 가고 싶다고 했었죠. 바람이나 쐬러 가자는 추상적인 비유가 아닌 정확한 목적지가 당신의 입에 나온 것은 처음이었습니다. 당신과 내 아빠의 신혼 여행지였죠. 사이판 바다에서 탔던 배를 잊지 못하겠다고, 바다가 얼마나 푸르고 맑은지 찬사를 보내던 당신의 얼굴은 놀라웠습니다. 한 달에 두어 번 쉬는 것도 망설이는 당신이 사이판을 떠올리며 웃는데 첫 해외여행을 떠나는 30여 년 전의 새 신부의 얼굴을 하고 있었어요. 두려움은 온 데 간 데 없이 사라진 담대한 눈빛, 그러면서도 얼굴 곳곳에 숨길 수 없는 설렘의 자국이 남아 있었어요. 제가 꼭 코로나 시대 너머로 가야 하는 이유가 있다면, 당신과 사이판을 가기 위해서일 겁니다.

내일은 당신의 휴식일이네요. 당신은 또 바람이나 쐬러 가자고 했죠. 궁금해요. 많은 바람을 쐬었지만, 당신의 마음에 환기가 된 적은 있었나요. 사이판을 간다면 조금이나마 해소가 될까요. 바람이 불까요. 바람을 쐬지 않아도 당신이

188

자유롭다고 느낄 수 있을까요. 조금 먼 미래에는 제가 당신 앞에서 더 자주 솔직해지기를, 그럴 수밖에 없는 일을 뒤집고 이상할 정도로 재밌게 웃을 수 있길 바라고 있습니다.

사이판에 맛있는 팬케이크 집이 있대요.

같이 바람이나 쐬러 가요.

그 틈으로
빛이 들어와요

이렇게 살아도 되나 싶은 순간이 있지. 나만 그런 건 아닐 거야. 며칠 전에 너와 내가 시간이 이토록 다르다는 것을 알면서, 나는 나의 시간에서 내 최선을 다해야겠다고 깨달았다고도 글을 썼으면서 내가 하루에 한 일들을 생각해보면 마음이… 비참해져. 특히 무엇도 하지 않고 있다가 해야 할 일들이 한금 쌓여 있다는 걸 볼 때 비참함이 극에 달하지. 드라마 〈도깨비〉에선 삼신할머니가 주인공을 차별하던 선생에게 이런 말을 해. "아가, 더 나은 스승일 수는 없었니? 더 빛나는 스승일 순 없었어?" 나는 똑같은 톤으로 내게 말하지. 더 나은 하루를 살 수는 없었니? 더 빛나는 하루를 보낼 순 없었어? 이렇게 책망해봐도 바뀌지 않는다는 걸 알아. 이미 떠나간 걸 돌이킬 수도 없고. 세상엔 어쩔 수 없는 일들 천지지. 내 손으로 어쩔 수 있는 일들을 해도 모자라다고 다시 결심하고 내일을 기다려. 내일이면, 더 나은 하루를 보내겠다고.

신화 이야기를 하나 해줄까. 헤시오도스가 쓴 『신들의 계보』에 따르면 태초에 가장 먼저 생겨난 것이 카오스래. '카오스'는 영어로 Chaos, 혼돈, 무질서를 뜻하지만 희랍어로 chaos는 '하품하다(chasko)'와 연관된 말이야. '벌어진 틈'이란 뜻이래. 카오스는 자손을 낳아. 닉스(밤)와 에레보스(어둠)야. 밤과 어둠은 크게 다르지 않지만, 이 둘이 결합해 생기는 게 뭔지 아니. 아이테르와 헤메라야. 아이테르는 창공, 헤메라는 낮이란 뜻이지. 벌어진 틈으로부터 밤과 어둠이 생기고, 밤과 어둠의 결합으로 창공과 낮이 탄생한다는 거야. 가수이자 시인이었던 레너드 코헨의 '앤섬(Anthem)'에도 이런 비슷한 가사가 나와.

Ring the bells that still can ring
울릴 수 있는 벨은 울려요

Forget your perfect offering

당신이 꿈꾸는 완벽함은 잊어요

There is a crack, a crack in everything

모든 것에는 갈라진 틈이 있어요

That's how the light gets in

그 틈으로 빛이 들어와요

더 나은 하루, 더 빛나는 하루 같은 건 명확한 기준이 없어 어려운 건지도 몰라. 미루고 미루다가 내 삶까지 어디 내 팽개치는 건 아닐까 싶은 것도 한둘이 아니야. 언젠가 너도 내게 말했지. 네가 너무 무능한 것 같다고, 어떻게 사는 것이 괜찮은 삶인지 모르겠다고. 그때는 조금이라도 아는 척 대답했지만, 나도 잘 모르겠어. 내가 하나 말해줄 수 있는 건 나는 네가 살기 위해 말하는 고민들을 좋아해. 사실은. 그런 거 하나 생각지 않고 살아갈 수도 있는 거잖아. 이까짓 마음, 이까짓 상처, 이까짓 것들. 다 그냥 무심하게 바라볼 수도 있는 거잖아.

그럼에도 넌 기어코 말하지. 네 마음이 작다고, 열등감을 쉽게 느낀다고, 마음이 허하다고, 무능하다고, 쓸모없다고. 좋아한다고 쓰니 굉장히 네게서 멀어진 것 같지만, 좋아한다기보단 기다리는 것에 가까워. 네가 내게 말해주기를. 너에 대해, 세상에 대해, 사랑에 대해, 슬픔에 대해. 계속 듣고 싶고 계속 들을 수 있어. 그래서 네가 살 수 있다면. 우리가 조금이라도 영원해질 수 있다면.

너의 틈으로, 너의 어둠 사이로, 너의 밤으로
맑고 푸른 하늘이 오래오래 잊지 못할 낮이 열릴 거야.
네가 고민하는 날들 사이로,
네가 살아가겠다고만 말한다면.

절망이
없는 세계

가끔 절망이 없는 세계를 떠올려. 절망이 없으려면 갖추어야 할 조건이 뭘까. 『1984』을 쓴 조지 오웰은 디스토피아를 두고 이렇게 설명해. 책을 금지하는 사람들이 존재하는 것, 검열 위원회와 텔레스크린으로 개인을 사찰하는 것, 정보가 박탈 당하는 것, 국가 기관에 의해 진실이 감춰지는 것, 우리 문화가 폐쇄적인 성격을 갖게 되는 것을 두려워했지. 반대로 『멋진 신세계』를 쓴 알도스 헉슬리는 책을 금지할 이유가 없다는 것을 두려워했어. 자극적인 미디어에 중독되어 책을 읽고 싶어 하는 사람이 없어지는 세계가 디스토피아라 설명하고 많은 정보가 주어져 우리가 소극적이고 수동적인 존재가 되는 것을, 진실이 무한한 정보의 바다에 수장될 것을, 대중이 저속하고 하찮은 문화에 연연하게 될 것을 두려워했지.

검열, 사찰, 사라진 진실. 마치 우리나라 7080 시대의 이야기 같지 않니. 가십, 책을 읽지 않는 사람들, 자극적인 미디어, 소극적이고 수동적인 사람들. 이건 꼭 지금 우리가 살고 있는 시대 같고 말이야. 두 가지의 상이한 관점을 바라보며 우리가 조지 오웰이 가정한 디스토피아에서 지금은 헉슬리의 디스토피아로 온 것 같다는 생각을 종종 하게 돼.

〈무지성의 연인들〉에서 사랑할 때는 그마저 필요 없다고, 우리 서로에게 한 번쯤 무지성의 연인이 되어보자 말했지만, 어쩐지 사랑할 때뿐만 아니라 모든 감정에 있어 지성이 상실된 시대라고 해야 할까(내가 너무 비관적으로 바라보는 걸까? 네게 스며든 한 줄기의 빛마저 앗아가는 것일까 염려되네. 나는 네 걱정을 네가 생각하는 것보다 더 많이 해).

백지에 가까운 지성, 백지를 두려워하지 않는 이들. 나의 절망 없는 시대의 필수 조건은 빡빡할 정도로 오가는 생각들이야. 그래, 너무 많아 억지로 토해내고 싶어 하는 그 생각들. 공상에 젖어 본질에 가까워지는 사유들.

내가 세운 가상 세계의 사람들은 저마다 말꾸러미를 들고 다녀. 누구를 만나든, 누구와 함께하든 말꾸러미를 먼저 내밀어 생각을 나누는 거지. 서로의 말꾸러미를 보여주며 공통의 관심사를 발견할지도 몰라. 사랑하는 것들에 대해 실컷 이야기하는 시간이야. 교집합을 만든 순간부터 관계는 급격히 확장되거든. 하루는 네가 말꾸러미 속에 걱정과 염려를 들고 있다면 누군가 너의 말꾸러미를 보고 이야기할 수도 있어. 어떤 것이 걱정되니, 무엇이 너를 두렵게 하니, 어제 잠은 잘 자고 밥은 잘 챙겨 먹었니. 감정을 토로하기 좋은 시간이야. 지나치게 솔직해도 부끄럽지 않은 시간이 될 거야.

자주 그려봐. 말꾸러미를 살피며 서로의 안부가 자연스러운 세상. 보고 느낀 것에 자연스럽게 말할 수 있는 세상. 네가 살아가는 세상에 고개를 끄덕이고 눈을 맞춰줄 세상 사람들을. 동물과 사람이 도로와 인도의 경계 없이 자유롭게 춤을 추듯 걷는 그림을. 바람의 결, 빛의 줄기, 물결의 피부, 햇빛의 농도, 피고 지는 것의 찬란함, 파도의 쓸모, 잔디의 포근함이 명확한 단어로 내 손에 쥐어지는 모습을.

절망이 없는 세계를 가정한다면 자연스럽게 사람이 사

라진 세상을 떠올릴 줄 알았는데 나는 여러 이세계 사람들을 만들어내. 사람이 사람에게 절망이 될 수 있다는 사실을 알면서도, 사람만이 할 수 있는 것들에 대해 꾸준히 떠올리게 되는 건 뭘까. 그래도 바뀔 수 있다고 희망을 거는 것일까. 헉슬리의 세계에 살고 있다 말하면서도 누군가를 또 믿고 사랑하고 싶어지는 것일까.

결국 또 지지부진한 이야기를 하게 된다. 사람과 세상에 속아보자고. 그래도 무용하고 무모한 것들에 목숨을 거는 것이 사람이라고, 삶을 굴려나가는 게 사람이라고, 사람이 사람에게 기대는 모양새(人)처럼, 결국 또 사람이라고 말이야. 하루에도 몇 번이나 들려오는 절망적인 소식에 고개 숙이게 되지만, 또 하루는 누군가 너의 고개를 들어줄 거야. 벽이라 생각한 공간에 창을 내어줄지도 몰라.

잠이 오지 않을 땐, 밥 먹을 기운조차 없을 땐, 많은 절망이 네 몸을 이불처럼 덮쳐올 땐 딱 하나만 기억해. 네가 절망할 줄 안다면, 희망할 줄도 알지 않겠니. 절망의 세계가 몸집을 키운다면 반대편에선 절망에 맞서는 저항의 세계도 자라나지 않겠니.

살아남은 존재들 사이에서 네 이름을 보고 싶다.

삶의 지난한 투쟁이 끝난 너를 가장 먼저 내 세계로 데려갈게. 약속해.

나를 혼내던
사람들

무수한 별명 중 하나. '피드백가희'. 내가 나에게 붙였다. 실제로 나를 그렇게 부르는 사람은 없었다. 글에서도 내 별명이라고 캐릭터처럼 여러 번 썼지만, 별명이라기보다는 자기 암시에 가까웠다. '언제든 행동에 여러 결과를 예상하고 그에 따른 반응에 어느 정도 각오하고 있어야 해. 대비가 되어있든가. 어떻게 수습할 것인지, 어떤 말로 사람들을 이해할 것인지 잘 생각해야 해.' 이 생각을 다섯 글자로 축약한 것이 바로 '피드백가희'였던 것이다. 어제 MBTI 검사지에서도 '일반적으로 나는'이라는 항목에서 '내 행동으로 다른 사람들이 받을 영향을 고려하여 행동'에 가장 큰 동그라미를 눌렀다. 나는 떡 줄 사람은 꿈도 안 꾸는데 김칫국부터 마시고 그 김칫국에 밥까지 야무지게 말아먹는 사람이었다. 이미 떡을 주는 그림까지 다 상상하고 떡을 먹은 뒤에는 뭐할지 계획하는 사람이기도 했다.

세상은 예상대로 되지 않는 게 절대 다수다. 내게 별명까지 붙여가며 모든 경우의 수에 대비해보아도 그렇다. 반응이 그다지 좋지 않을 것 같다고 생각하고 대비한 포스트는 꽤나 높은 인기를 끌었고 온 힘을 모아 작성한 글은 그냥저냥 지나갔다. 내가 좋아하는 글과 타인이 좋아하는 글의 간극은 얼마나 큰지, 내가 좋아하는 글이 결코 잘 쓴 글은 아니었다는 것을 깨달아간 것도 그때쯤이었다. '혹여나 이걸로 딴지 걸리면 어떡하지? 그럼 이렇게 대답해야지.'라고 내 안에서의 변명을 준비하면서 가장 많이 떠올린 얼굴들이 있다. 나를 혼내는 사람들이다.

혼내는 사람. 직장 상사이기도 했고 동료이기도 했고 독자이기도 했고 가족이기도 했고 선생님이기도 했다. 하다못해 제주에선 책방지기님에게도 혼이 났다. 제주에서 살고 있는 남방큰돌고래들 관찰한 책을 사서 계산하던 중이었다.

어떻게 이 책을 쓰게 되었는지, 지금 제주에는 돌고래들이 몇 마리 정도 있는지 조곤조곤 설명하는 목소리를 들으며 대답했다.

"아, 실은 어제 돌고래를 보려고 요트투어를 갔었는데 못 봤거든요…."

연구원들이 어떻게 돌고래를 관찰하는지 설명하고 있던 그가 말을 잠시 멈추고 덧붙였다.

"그런 요트투어도 돌고래를 괴롭히는 것들 중 하나죠."

말이 정수리에 와서 꽂히는 듯했다. 부끄러웠다. 연구원들이 쓴 돌고래 관찰기 책을 사면서, 심지어 제주 숲을 지키자는 환경 매거진도 하나 사고 있었으면서 요트투어라니. 뭐가 자랑이라고 말을 했는지. 계산을 마친 그는 남은 여행 잘 하시라고 다정히 인사를 덧붙였지만, 서점을 나와 스쿠터를 타며 달리는 내내 나는 나의 한심함에 대해 생각했다. 여러 변명과 반성문을 준비하면 뭐하나. 애초에 반성할 짓을 하지 않으면 되는데.

반성할 짓을 하지 않으면 된다고는 하지만, 우리는 어쩔 수 없이 반성할 짓을 한다. 짧은 생각, 필터링하지 않은 말, 실수라고 볼 수 없는 행동들까지 할 때가 있다. 그럴 때 빨리 헤어 나오는 법은 변명이 덕지덕지 쓰인 반성문을 쓰는 게 아니라 당장 귀를 기울이는 거다. 내 행동과 말과 태도와 자세의 어느 점이 잘못되었는지. 내가 앞으로 어떻게 해야 같은 실수를 반복하지 않을 수 있을지. 삶의 지향점을 어디에 두고 나아가야 하는지. 더 풍요롭고 맑고 아름다운 삶은 왜 살아가야 하는지, 실수를 정정하는 것이 왜 중요한지.

귀를 기울이고 눈을 크게 뜨고 찾아보면 이들이 있다. 편법이 편법이 아니게 되는 시대에 묵묵히 자신의 길을 걸어가는 사람들. 그들이 말을 한다. 사람들을 혼낸다. 꼭 자신이 잘나서, 다른 이들보다 삶이 더 윤택하고 좋아서 하는 게 아니다. 같이 잘 지내보자고, 잘 살아가자고, 나도 했으니 너도 할 수 있다고. 생각하지도 못한 지점의 나를 생각하며 되짚어주는 사람들이다. 더 괜찮은 선택지를 제시하며 혼내는 사람들. 자신이 찾은 정답을 거리낌 없이 나눠주는 사람들. 올바르게 사는 건 뭘까. 도무지 모르겠다. 적어도 나를 혼내는 사람들을 잊지 말자고 말할 것이다. 그 고집스럽고 우직하고도 다정한 얼굴들을.

당신을
오해하겠습니다

아름다운 겨울입니다. 추운 것과 별개로 펑펑 내리는 눈 덕분에 낭만과 더 가까운 겨울이 된 것 같아요. 눈 내리는 날은 어디서 뭘하셨나요. 여러 지역에서 전해지는 눈소식에 괜히 창문 밖을 내다보기도 했는데 제가 사는 지역엔 올 기미가 보이지 않습니다. 길 구석구석 노심초사하며 잘 살피고 발바닥에 힘주고 다니셔야 해요. 웬만하면 장갑도, 목도리도, 귀마개도 챙겨하시고요. 당신이 넘어져도 당신을 지킬 것들이니까요.

겨울이 되자마자 자주 듣는 플레이리스트를 바꿨습니

다. 탄산음료처럼 톡톡 튀는 음악들에서 트럼펫과 피아노가 어우러지는 올드 재즈들로요. 시간이 된다면 쳇 베이커의 '에브리싱 해픈스 투 미(Everything Happens to me)'를 들어보세요. 노래를 들으며 편지를 쓰니 자연스레 당신이 어떤 자리에서 편지를 열어볼지 사뭇 기대도 됩니다. 너무 늦은 시간은 아니었으면 해요. 곤한 잠을 깨울 만큼 중요한 건 없으니까요. 재즈와 눈과 입김이 한 곳에 뒤섞인 겨울에서 당신을 그려보는 일은 꽤 재밌습니다. 그렇잖아요. 우리는 한 번도 만난 적이 없는데, 순전히 이 편지를 쓰기 위해 당신과 당신과의 일들을 상상해야 하니까… 아주 큰 상상력이 동원되고 있습니다. 영하의 기온에도 아랑곳 않고 아이스 음료만 주문하는 당신, 시린 바람에 손과 발이 빨개진 당신, 머그컵을 쥐고 몸을 녹이는 당신, 누군가의 답장을 오래오래 기다리는 당신, 사랑이 없다고 믿으면서도 사랑을 기대하는 당신, 기록을 멈추지 않는 당신, 마음이 버거운 당신, 기쁘고 즐겁고 당찬 당신.

사실 저는 당신이 궁금하지만, 당신을 그다지 알고 싶지 않은 것 같기도 해요. 당신과의 거리를 결정하라고 한다면… 조금 더 멀어지고 싶습니다. 인정이 없나요? 모든 이유를 떠나 당신을 위해서라고 답한다면 너무 위선적인 태도일까요? 저는 당신에게 어느 정도 저를 감추고 싶습니다. 당신도 저를 부분적으로 몰랐으면 하고, 저도 당신을 전부 알지 못했으면 좋겠어요.

저는 남들과 다르다고, 더 특별하고 새롭고 즐거운 삶을 산다고 믿었던 적이 있습니다. 나는 비범한 인물이 될 것이라고 매일 밤 되뇌던 시절이었어요. 당신이 저를 좋아해주니까. 하지만 곧 저의 삶도 누군가와 크게 다르지 않다는 걸 깨닫게 되더군요. 당신이 보고 좋아하는 제 모습이 아닌 당신이 보지 않는 곳에서의 제가 비루하고 재미없고 지나치게 평범해서요. 내게 없는 재능을 가진 사람을 질투하고 내가 없는 자리를 탐내고 나의 애매모호한 재능이 괴로워 상념에 빠졌습니다. 하루는 다음 아침이 도무지 기다려지지 않기도 했습니다. 잘 사는 척, 남들과 다른 생각을 하고 위기에도 유연히 넘어가는 척 당신에게 잘 보이기 위해 아등바등하고 있었지만… 글쎄요. 그건 결코 저의 전부가 아니었습니다.

그래서 더더욱 사이가 가까워지지 않았으면 해요. 저도 저에게 상냥하고 친절하고 다정한 당신 모습이 당신의 전부가 아니라고 알고 있습니다(전부라면 더할 나위 없이 좋지만).

205

저는 제가 보는 당신만 사랑할 것입니다. 서로에게 보여주고 싶은 모습들만 보여주었으면 해요. 당신의 한계와 절망까지 알고 싶지 않아요. 제가 당신을 좋아하고 아끼고 사랑하는 방법이 있다면, 그것은 당신이 보여주고 싶은 모습만 보고 믿는 거랍니다. 설령 당신의 본 모습이 아니고 아주 일부라고 하더라도요. 기꺼이 당신에게 속고 싶습니다. 세상 경계를 가리는 눈처럼, 눈이 주는 겨울의 낭만처럼.

뻔한 말을 하는 것도 그 때문입니다. 당신의 한계를 모르기에 한계에 도전해보라고, 절망을 모르기에 너무 슬퍼하지 말라고, 우울을 모르기에 어서 나와서 만나자고. 제가 당신을 너무 몰라서 무책임한 소리를 하게 돼요. 당신을 모르기에 당신이 보여주는 당신만 믿고 싶어요. 무책임한 기대보다 책임 있는 무관심이 득이 될 때도 있다고 감히 말하고 싶습니다.

저의 작은 환상 속 큰 당신은 언제나 잘 일어나고 잘 자고 잘 웃고 잘 울고 잘 기뻐하는 사람이에요. 선하고 건강하고 주어진 하루를 꼬박꼬박 잘 살아가는 사람입니다. 주저하거나 머뭇거리지 않고요. 아침을 기대하고 낮을 사랑하고 봄과 여름과 가을과 겨울을 모두 아우를 수 있고요. 아이러니하지만 당신을 모르는 만큼 당신을 기대하고 사랑하고 있습니다. 아주 먼 바깥에서도 당신을 사랑하는 사람이 있다고 믿고 알아주길 바라요. 러브레터라는 이름에 걸맞게 이 편지는 당신에게 보내는 진득한 고백이 되겠어요. 이 편지에서 주인공은 오직 당신과 저뿐이니까, 주인공이 잘 살고 잘 자고 오늘도 잘 버티고 있다고 당신을 애정 담아 오해하겠습니다. 그럼 이만 줄일게요. 새해 복 많이 받아요.

P.S. 이 편지를 쓰는데 루이 암스트롱의 '웬 유어 스마일링(When you're smiling)'이 나오네요. 가사를 아시나요?

Keep in smiling

Cause When you're smiling

Oh, the whole world smiles with you

계속 웃어

네가 웃고 있을 때

온 세상이 너와 함께 웃고 있어

입춘

요즘은 걷기 애매한 거리를 갈 땐 자전거를 탄다. 동생이 타다가 출국할 때 두고 간 로드 바이크다. 칼바람에 귀가 에는건 걸어가나 자전거를 타나 비슷하지만. 괴로움의 정도와 속도에서 차이가 있다. 매는 먼저 맞는 것이 좋고 고통은 속전속결로 끝내는 것이 낫다고 믿는 나에게 자전거는 훌륭한 수단이다. 고통이 지속되는 시간을 앞당길 수 있으니까. 걸어서 20분이 걸릴 카페를 7분 만에 도착했다. 통유리창을 통해 언뜻 보니 귀 끝이 새빨갰다. 대구의 겨울은 서울의 겨울보다 포근하지만, 일교차로는 보면 다를 바 없다. 서울을 떠나온 지 너무 오래되어서 그런가. 이젠 대구의 겨울이 더 추운 것 같기도 하고…(아닐 것이다.) 겨울이 절정에 다다른 듯했다.

다이어리를 정리하다 어제가 입춘이었다는 걸 알게 됐다. 방금까지 이 겨울이 언제 끝나나 토로할 참이었는데, 정확하기도 하지. 계절에 있어 편견이 없다고 말하고 싶지만, 누구보다 계절따라 휘청이는 타입이다. 하늘이 맑을수록, 해가 길수록, 구름이 적을수록 마음이 들떴다. 내가 바깥에서 힘을 얻는 밖순이가 된 결정적 계기 하나를 뽑자면 다름 아닌 날씨일 것이다. 날이 이렇게 좋은데 집에서 쉰다고, 아니, 왜…? 이 질문 하나를 납득시킬 답을 내놓지 못해서 하늘이 푸르다 싶으면 아침부터 부산을 떨게 된다. 낮에는 꼭 나가야지. 나가서 카페에 앉아 있기라도 해야지. 가만가만 앉아서 사람들 얼굴을 봐야지. 얼굴을 본다고 하니 어쩐지 음험한 구석이 있어 보이지만(왠지 평가할 것 같고 왠지 손가락질할 것 같고… 그런 거 아니다. 절대.), 그저 보고 있으면 상상할 여지가 많기 때문이다. 무엇이 좋아서 저렇게 웃는지, 어떤 행운을 거머쥐었을지, 무엇을 저렇게 골똘히 보고 있을지, 누구랑 통화를 할지. 희노애락을 품은 사람들의 얼굴을 보고 있으면 왠지 그들 전부 애틋해진다. "사람"이라는, 뭉뚱 그린 집단이 아니라 한 명 한 명의 얼굴이 개개인으로 인식 되어서일 것이다. 저마다 가지고 있을 이야기가 확연히 보 이기에. 대화 한 번 하지 않았음에도 나와 같은 시대를 사는 저들이 이 계절을, 이 시절을 잘 보내게 되기를 바라게 된다. 행복이 오래 갔으면, 행운을 무겁게 쥐었으면, 좋은 소식을 보았으면.

그러다 보니 코로나 시대의 겨울은 쥐약이었다. 입 모 양, 표정, 몸짓 등 비언어적 상호작용을 통해 언어를 배우던 아이들은 마스크로 인해 발달 지연이 된다는 기사를 읽은 적 있다. 입 모양을 읽지 못하고 소리와 발음이 부정확해지 기 때문일 것이다. 하물며 성인인 나도 마스크를 낀 사람들 의 표정을 읽기 어려워 할 때가 많은데, 아이들은 어떨까. 마 스크로 중무장한 사람들을 보며 지내다가 나중엔 완전한 얼 굴을 보는 것이 낯설어지는 순간이 올까 봐 두려울 때도 있 었다. 두루두루 난처한 시절을 보냈다. 그러니 봄이 반가울 수밖에. 계절 박애주의자인 척했지만, 다 가식이다. 솔직히 말하자면, 나는 특별히 봄과 여름을 편애한다.

봄이 온다고 갑작스레 많은 게 바뀌지 않을 것임은 알고 있다. 마스크를 벗거나 코로나 바이러스가 감기처럼 토착화된다거나. 큐알코드를 찍고 실내에 들어가는 일도, 백신이 자연스럽게 대화의 주제로 오르는 일도, 코로나 이전의 시대를 그리워하는 일도 쉽게 멈출 순 없을 것이다. 핑크빛 미래 같은 건 미디어에서만 존재하는 일일지도 모른다. 그럼에도 '봄', '입춘'이라는 단어에 설레는 마음이 멈추지 않는건 봄이라는 단어의 생김새와 여태껏 봄이 우리에게 선사한풍경 덕분이지 않을까. 벚꽃이 하롱하롱 떨어지는 풍경이나강아지들이 꽃잎에 코를 박고 헤집는 모습이나 산에서 들에서 꽃만 보면 카메라를 들이미는 사람들의 얼굴이 자연스럽게 읽힌다. 무사히 겨울을 지나 봄에 도착했음을 알리는 것처럼, 봄에 있는 생명들은 저마다 새로운 모습으로 힘껏 약동한다. 겨울잠을 잘 자고 일어난 듯한 포근하고 나른한 얼굴로. 지난겨울은 새하얗게 잊은 듯 봄의 정취를 양껏 맞은얼굴로.

　　입춘의 '입(立)'은 설 립, 자리 위를 뜻한다. 나는 입춘을풀어 '봄에 서다'라 읽는다. 어떤 봄에 서게 될까. 무사히 봄으로 갈 수 있을까. 간다면 자전거를 꼬박꼬박 타야지. 봄에타는 자전거는 세상을 파노라마 사진처럼 보여주는 능력이 있으므로. 카페도 꼬박꼬박 출석해 통유리창을 사수해야지. 겨울을 잘 보내고 왔으니 이제는 봄의 얼굴을 살필 것이다. 사랑하기를 멈추지 않아야지. 물꼬를 트기 좋은 계절이다. 떠올리는 것만으로 마음이 요동친다. 어쩐지, 유독 봄에 쉬이 사랑에 빠지는 사람들을 이해할 수 있을 것 같다.

선생님에게

안녕하세요, 선생님. 저는 효성여고 3학년 1반 학생이었던 백가희입니다. 선생님은 저를 기억하지 못할 수도 있겠습니다. 기억하기는커녕 그런 애도 있었느냐며 고개를 갸웃하실 수도 있겠지요? 오늘은 고등학교 친구들을 만나 이런저런 이야기를 나눴습니다. 매번 대화 주제는 엇비슷해요. 이렇게 살 것인가 혹은 이렇게 살지 않으려면 어떻게 살아야 하는가 혹은 그렇게 살기 위해선 너무 많은 시간과 돈이 필요하다, 정도요. 선생님은 어떻게 지내시는지요. 선생님이 담당하셨던 반의 학생도 아니고 선생님이 가르쳤던 영어를 그렇게 좋아했던 것도 아니었던 제가 편지를 쓰는 건… 부쩍 선생님 생각을 했기 때문이에요. 고등학교 친구들을 만나서 선생님에 관련된 이야기는 단 한 번도 한 적 없지만, 저는 걔네랑 만날 때마다 선생님 생각을 해요. 참 너무하고 가혹한 학생들이었다는 것이 떠올라서 말이에요.

　우리는 치사하고 치졸했으며 혐오스럽고 나빴어요. 선생님을 떠올리면 더욱 그래요. 선생님이 결혼하지 않았다는 이유로 뒤에서 '노처녀'라는 수식어를 붙였고, 선생님의 이유 있는 지적과 충고에도 '성격이 괴팍하니 결혼을 못했다며' 얼토당토 않는 이유를 붙였어요. 죄송해요. 어렸다는 이유로 용서되는 말이 아니었어요. 지금 제가 사회가 노처녀를 어떻게 대하고 있는지에 대해 알게 되었고 거대한 가부장제 사회에서 노처녀들이 어떻게 살아남아야 하는지 골몰하는 사람이 되었기 때문에 더더욱이요. 결코 선생님을 안쓰럽게 생각해서, 쓸쓸하게 바라봐서 하는 말은 아니에요. 궁금해요. 어떻게 견디셨어요? 어떻게 버티신 거예요? 결혼을 못하는 여성은 어딘가 하자 있고 심지어 별의별 이유를 만들어가며 여성들에게 모성애와 고분한 태도를 요구하는 사회의 악독함에 날이 갈수록 치가 떨려요.

오늘은 엄마와 〈우리들의 블루스〉라는 드라마를 봤어요. 방영주와 정현은 열여덟 살이에요. 영주는 제주를 답답해하고 하루빨리 탈출하고 싶다고 꿈꿔요. 서울대 의대라는 창구가 영주에겐 몇 안 되는 희망의 끈이고요. 그러던 영주와 정현은 관계를 맺고 영주는 임신을 해요. 영주가 사방팔방 돌아다니며 임신 중단을 할 수 있는 병원을 알아보는 동안 현은 영주를 간간히 설득해요. 조금만 더 생각해보자고. 영주는 대답하죠. 닥쳐. 결정은 내가 해. 내 몸이야.

저는 여기까지만 보고 '현실을 꼬집은 드라마구나.' 했어요. 그러더니 갑자기 상황이 바뀌어요. 영주가 산부인과에서 남성 의사에게 "그러게, 피임을 왜 안 해서."라는 말을 듣는 동안 정현은 애기 옷을 판매하는 가게 앞에 서서 울먹여요. 어처구니가 없었죠. 내 몸을 위해 임신 중단을 하는 여성은 냉혹하게, 어떻게 책임질지도 모르는 남성은 다분히 낭만적으로 그리는 연출에 구역질이 났어요. 여기서 드라마는 한 번 더 기이해져요. 임신 중단을 결정한 영주가 산부인과를 가서 임신 중단 수술을 하기 전 초음파를 듣는데, 의사는 아기 심장소리를 들려줘요(이해가 안 됩니다). 쿵쿵 뛰는 아기 심장소리를 듣는 영주는 울부짖으며 더 이상 못 듣겠다고 말하고 결국 아이를 지우지 않기로 해요.

선생님. 이 선택이 맞나요? 현실의 사정과 관계없이 그저 이 장면을 감동적인 배경음악으로 얼버무리는 게 어른들이 할 짓인가요? 영주의 꿈은요? 제주를 벗어나 서울대 의대를 가겠다 결심했던 영주의 꿈은요? 이 영상을 보며 부채감을 안을 여성들은요? 누가 책임져주나요. 다시 한 번 궁금해요. 선생님이 살아온, 어쩌면 견뎌온, 버려온 과거들이요. 노처녀라 불리는 세상의 모든 여성들이 맞닥뜨리는 사회의 비루하고 고루한 편견과 말들에서 어떤 방식으로 맞서고 도망치셨는지요. 저도 곧 30대, 40대를 맞이하면 노처녀의 범주에 들어설 텐데 그때쯤 세상은 바뀌어 있을까요? 비혼 여성이 더 이상 '미혼 여성'으로 취급받지 않을 수 있을까요? 2022년에도 저런 드라마가 방영되는 세상인데, 10년 후면 좀 더 바뀔 수 있나요?

선생님, 저는 선생님보다 부질없고 약하고 잘 울고 게으르고 명석하지 못해서 아무것도 모르겠어요. 한 번도 학생들을 책망하지 않는 그 태도는 어디서 배울 수 있나요. '세상은 바뀌지 않는다고 속상해하지 마라. 네가 바뀌었다.' 이 말이 제겐 유일한 희망이고 창구예요. 내 가치관과 신념이 바꿰었고 내가 세상을 바라보는 시선이 바뀌었으니 세상은 찬찬히 내가 보는 대로, 내가 믿고 싶은 대로 바뀔 수 있다고 은밀한 희망을 주는 것 같아요.

선생님의 삶을 꿈꿔요. 희끗희끗한 머리를 구태여 염색하지 않고 단촐한 복장으로 내게 맡겨진 일을 해내는 선생님의 얼굴을 꿈꿔요. 강단 있고 단호했고 아이들의 터무니없는 소리에도 웃고 흘려 넘기던 선생님의 자세를 꿈꿔요. 저도 그런 사람이 될 수 있을까요? 혹시나 싶어 학교 홈페이지 교직원 소개란에서 선생님 이름을 찾았어요. 자그마치 10년이 지나서 큰 기대는 하지 않았지만, 보이지 않네요. 어디에 계시든 무탈하게 지내셨으면 좋겠어요. 큰 힘이 될 것 같아요. 누군가 잘 살고 있다는 이유만으로 마음이 든든해질 수 있거든요. 이런 세상에도, 이런 현실에도요. 부디 제가 보는 세상이 세상의 전부가 아니었으면 좋겠어요.

앞으로도 답을, 세상을 찾아 나갈게요.

선생님 보고 싶습니다.

가희 드림.

더 늦기 전에
답장을

오늘은 너에게 책 한 권을 소개하려고 해. 제목은『편지가 왔어요』야. 가위와 칼로 종이를 오려 형체를 만드는 페이퍼 아티스트의 책이지. 누가 누구한테 보낸 편지 같니? 편지를 보낸 건 사람이 아니야. 동물들이지. 긴지느러미들쇠고래, 커모드곰, 아시아사향고양이, 턱끈펭귄, 카피바라, 티베트영양, 유라시아수달, 바다이구아나, 코알라, 쿼카. 이 외에도 103종의 동물들이 인간에게 보낸 편지지. 이 동물들의 특징이 뭔지 아니? 다 멸종 위기종이라는 거야. 책을 펼치면 작가의 페이퍼 아트와 동물들의 편지가 적혀 있어. 긴지느러미들쇠고래의 편지에는 '끔찍한 비명소리' '붉게 물든 바다' '애도' 같은 단어들이 등장해.

아이슬란드와 노르웨이 사이에 있는 페로제도에서는 매년 '그라인다드랍'이라는 축제가 열린대. 7월과 8월 사이에 열린다는데, 올해도 열렸겠구나. 어떤 축제인지 알겠니? 고래 사냥 축제야. 자그마치 700년 넘게 이어졌대. 과거에는 척박한 환경에서 살아남기 위해 돌고래를 잡아 고래 고기를 먹고 고래 기름을 만들어 팔았다면 주요 산업이 바뀐 지금은 이유조차 없어. 1986년부터 전 세계적으로 고래사냥이 금지되고 있지만 '그라인다드랍'은 전통적이란 이유만으로 페로 정부의 승인하에 매년 이어지고 있어. 고래를 잡는 방식은 잔인하기만 해. 지역 사람들이 어선을 타고 고래를 바닷가로 몰아내면 뭍으로 끌어낸 후 작살과 칼로 도살하는 거지. 매해 수백 마리에 달하는 들쇠고래가 축제라는 이름 하에 죽어가고 있어. 2019년 9월에만 1,428마리가 살해되었대. 꼭 이 시대의 이야기가 아닌 것 같지. 그라인다드랍을 검색하지는 않기를 바라. 들쇠고래의 피로 물든 빨간 바다 사진이 가득하거든.

고래는 감정을 담당하는 대뇌변연계가 인간보다 크대.

훨씬 감정적으로 행동할 수 있다는 의미이기도 해. 사람들을 괴롭히거나 증오하거나 그들의 삶에 피해는 주는 방식으로 행동할 수 있지만 고래들은 하지 않아. 인간을 사랑하거나 좋아하거나 그런 낭만적인 감정은 아닐 테지만, 생각하게 돼. 고래들이 증오하지 않는 이유를. 고래들은 증오가 삶에 있어 불필요하다는 걸 인간보다 잘 아는 것 같기도 해.

여러 환경단체들의 지적에 주민들은 대답했대. '인도적인 방법으로 돌고래의 척수를 끊고 바로 구멍을 막기 때문에 고래들이 고통 없이 죽는다'고. 그 말마저도 거짓말로 드러났지만. 고통없이 죽으면 그 죽음은 유의미해지는 걸까? 인도적인 방법이라는 말이 죽음 앞에 붙일 수 있는 것일까?

이건 긴지느러미들쇠고래만의 이야기가 아니야. 1억 년 전부터 지구에서 살아남았지만 인류의 자연환경 파괴로 터전을 잃은 푸른바다거북과 사투시 숄 한 장을 만들기 위해 털이 벗겨져 나가는 티베트영양, 억지로 커피콩을 먹이고 영양실조와 카페인 중독, 스트레스로 죽어나가는 사향고양이. 세상에서 가장 많이 밀수되는 포유류인 사바나천산갑의 이야기도 담겨 있지. 이 동물들은 자연에 잘 적응하지 못해서 없어지는 게 아니야. 인간에 의해 생태계에서 탈락되는 것이지. 억지로 본연의 삶에서 떨어뜨려놓는 거야. 인간의 욕망과 잘못된 믿음의 피해종인 거지. 아름답고 온화한 동물들을 끊임없이 괴롭히는 인간의 잔혹성에 몇 번이나 소름이 돋았는지 몰라. 나는 더 늦기 전에 네가 이 책을 품에 안았으면 좋겠어. 아직은 답장을 보낼 시간이 있대. 어떤 방향으로 눈을 뜨고 귀를 기울여야 하는지 생각해볼 여유가 있대. 아주 작지만.

작가는 종이로 존재를 만드는 자신의 일에 대해, 책에 대해 '불멸을 획득했다'고. 책과 종이에는 죽음이 없으니까 책을 쓰면서, 종이로 멸종되고 멸종되어가는 생명을 만들면서, 끊임없이 생명력을 부여하는 거야. 우리는 답장을 쓰며 그들의 생명력에 숨을 불어넣을 수 있지 않을까? 지금 당장 할 수 있는 일부터 하는 것으로 답장할 수 있지 않을까?

어쩌면 사는 게 바쁜데 동물들이 뭐가 대수냐며, 까짓것 몰라도 되는 일이라고 생각할지도 몰라. 하지만 나는 네가 그러지 않을 거라는 걸 알지. 네가 함께 사는 삶에 대해 한 번 더 고심해볼 사람이라는 걸 알지. 조금이나마 누군가의 숨을 틔일 수 있는 존재라는 걸 알지. 자유롭고 무해하게 살고 싶은 사람이라는 걸 알아. 네가 꼭 이 책을 읽어줬으면

해. 우리가 사랑한 이 별에서 너와 풍요롭고 건강하게 오래

오래 머물고 싶어.

실패하고
사랑하며

누군가를 사랑하다 보면 한 번쯤은 무너지는 순간이 온다. 애석하게도 그렇다. 내가 만들어놓은 그에 대한 환상이 깨지는 순간, 한 마음으로 같은 방향을 향해 나아가고 있다는 기대가 사라지는 순간, 사랑했던 지난 시간까지 아쉬워지는 순간, 이 사랑을 놓아야겠다고 결심이 되는 순간.

오랜 시간 누군가의 팬으로 살아왔다. 내가 사랑했던 이름들. 아이돌 그룹이기도 했으며 스포츠 팀이기도 했으며 솔로 가수이기도 했으며 배우이기도 했으며 작가이기도 했으며 평론가이기도 했다. 두루두루 사랑한 탓에 나의 비공

개 계정 팔로잉 수는 2,000명이 넘었다. 그들만 좋아해서는 얻는 정보가 없었다. 그들의 팬들까지 팔로우를 해야 획득할 수 있는 사실들이 있다. 예컨대 오늘은 D가 투어 공연을 위해 출국한 날이고 내일은 F가 영화 시사회와 무대 인사를 하는 날이고 내일 모레는 H의 책이 나오는 것과 같은 팬들만이 교류하는 정보들 말이다. 너는 내가 모르는 사이에 머리를 파랗게 물들였구나, 사랑하는 것도 부지런해야 한다는 말이 십분 이해된다.

A라는 가수를 오래 좋아했다. 누군가 그랬던가. 최애는 하늘에서 점지해주는 것이라고. 한 방 맞은 것처럼 뒤통수가 얼얼했다. 얼굴이 덕질의 시작이었다면 완성하는 건 그의 모든 것이다. 꼼꼼히 알아볼 시간이었다. 향초를 좋아하고 외출복과 실내옷의 경계가 뚜렷하구나. 피아노를 잘 치고 드럼을 배우고 있구나. 어느 순간부터는 그의 취향이 곧 나의 취향인 것처럼 받아들여지기도 했다. 그가 좋아하는 후드 티, 에코백, 신발들을 따라서 샀다. 세상에 사는 것이 아니라 세상과 싸우고 있단 생각이 들 때마다 비공개 계정으로 도피했다. 그가 사는 세상과 나의 세상은 너무나도 달랐지만 꼭 함께 있는 것만 같았다. 그의 세상은 바른 것, 내

현실은 꼭 문제투성이 같았다.

　A에 대한 사랑은 몇 년간 이어졌다. 누구에게도 들키지 않고 조심조심 사랑했다. 내가 사랑한단 사실이 약점이 될 수 있으니까. 내가 비난을 받더라도 그 이유 중 하나에 A는 없기를 바랐던 것 같다. 그의 앨범을 사 모으는 것으로, 그가 나온 작품을 챙겨보는 것으로, 조잡한 단어일지라도 최대한 사랑을 담은 말로 편지를 쓰는 것으로 응원을 보냈다. 얼마 지나지 않아 그의 계정에 스캔된 손편지 사진 한 장이 올라왔다.

　A는 결혼 소식을 알리는 편지에 이렇게 썼다. 새로운 삶으로 새로운 길을 걸어가려고 한다. 난생처음으로 깨달았다. 나는 아니더라도 누군가에게 사랑의 완성은 결혼일 수도 있다고. 그 또한 그럴 수 있다는 사실을 잠시나마 잊고 있었다. 단순히 A를 뺏겼다고 샘이 나거나 질투 섞인 감정이 아니었다. 복잡다단한 감정이었다. 그의 사랑이, 세상이 완성된 것을 보는 기쁨과 대신 그 사랑과 세상에 나는 없다는 실망감이 뒤섞였다(엄밀히 말하자면 그의 새로운 삶에 '팬'이 없다는 사실이다. 나는 그와 연애나 결혼을 꿈꾼 적 없다). 우리가 같은 길로, 같은 방향으로 가지 않을 수 있다는 것까지

알았다면 좋았을 텐데. 내 예감이, 내 기대가, 내 선택이, 내 사랑이 실패할 수 있다는 가능성까지 사랑했다. 그럼에도 그가 걷고자 하는 새로운 삶의 길에는 아무런 균열도, 불행도 없길 바랐다. 부지런히 한 사랑만큼 부지런히 헤어지고 싶었다.

꾸준히 한 명의 팬으로 지내고 있다. 어떤 날은 경기에 과하게 몰입을 한 나머지 눈물을 쏟기도 하고 어떤 날은 칼럼을 읽으며 가슴을 부여잡기도 하며 그의 재능에 찬사를 보낸다. 말로 설명이 되지 않은 순간들을 흘려보낸다. 순수한 기쁨과 깨끗한 슬픔과 복잡다단한 사랑을 배운다. 실패할지라도. 그 실패의 가능성까지 사랑하며.

이불이
없는 세계

여태껏 많은 세계를 떠올렸지만, 이 주제가 가장 어려운 것 같아. 이불이 없는 세계라니. 요즘 같은 열대야가 지속되는 밤에는 쉽게 상상할 수 있겠지만, 추위를 많이 타는 내겐 쉽게 떠오르지 않는 세계이기도 해. 이불을 덮고 잤던 수많은 밤을 떠올려보자. 온몸을 부드럽고 폭신하게 감싸주었던 이불, 무겁게 내 몸을 눌러주었던 이불, 고양이와 강아지가 몸을 숨겼던 이불, 무더위 속에서도 덮었던 이불. 다양한 이불이 떠오르지. 잠이 안 오는 날에는 머리끝까지 이불을 덮어 쓴 적도 있었어. 어둠을 내리고 온기를 내뿜는 품에서 푹 잠

들곤 했지. 꼭 한 사람의 품 같다는 생각을 하면서 말이야. 어쩌면 이불은 우리가 내쉬었던 한숨, 불면으로 설쳤던 밤, 우리도 모르게 뱉었던 잠꼬대까지 기억하고 있을지도 모르겠어. 어떤 날은 한 품에 끌어안고 있더니 또 다른 날은 발로 차기나 하고 변덕에 고개를 저었을지도 모르지.

이불을 감싸 안고 건물에서 뛰어내린 사람이 있어. 성폭력 피해자였어. 그가 죽음을 택한 이 계절 즈음에는 항상 떠올리게 돼. 이불을 감싸 안으면서까지 그가 투신해야만 하는 이유를 이따금 떠올리는 거지. 그에게 이불은 단순히 이불이었는지, 사회는 왜 그의 이불이 되어주진 못했는지에 대해서 말이야.

우리 사회는 여성 인권과 노동자 인권, 약자와 소수자들을 이불처럼 감싸고 있긴 한 걸까? 이불이 없는 세계는 우리를 어떻게 몰아넣을까. 잔인해지고 극악무도해지겠지. 교내 청소부들의 시위를 학생들이 고소한 기사를 읽었어. 학업에 방해된다고. 이불은커녕 너무 딱딱하고 빳빳한 돌에 드러누운 것만 같아. 아무것도 없는 황량한 길에서 잠이 들고 깬 기분이야. 막연히 허했지. 막연히 괴로웠고. 난 우리가 가지고 덮어야 할 최후의 이불은 '고통 감수성'이라 믿어. 타인의 고통에 아파하는 것, 지나치지 않는 것, 한 번쯤 헤아려보는 것. 학생들은 청소부를 고소하는 게 근본 해결책이라고 믿는 걸까? 아이는 코인으로 빚을 진 부모를 따라서 죽어야만 했을까? 아이가 홀로 남아서 잘살 수도 있다는 것을 부모는 생각하지 않았을까? 시설과 정부와 사회는 못 미더웠던 걸까? 부모는 왜 그런 선택을 했을까.

　　고통 감수성이 낮아지고 있다는 걸 깨닫는 순간도 많았어. 자극적인 기사 타이틀에만 마음이 동하고 의미 없는 유튜브를 몇 시간이고 들여다볼 때. 더 이상 소식이 업데이트되지 않는 SNS를 계속 새로 고치고 있을 때. 누군가 죽었고 괴롭힘을 받았던 기사는 자연스럽게 지나쳐갈 때. 나도 노동자고, 약자고, 소수자면서 말이지. 나는 남들과 다르고 조금 더 나은 존재라고 믿고 싶었던 것 같아. 그게 아닌데.

　　'우리도 살고 싶습니다'

　　출근길 지하철, 전국장애인차별철폐연대 시위 참가자의 말이야. 그들은 살기 위해 내몰렸던 거였어. 거리에 장애인이 없는 게 아니라 그 누구도 거리의 장애인을 위한 세상을 고민하지 않은 거였지. 그들을 사회 구성원으로 감싸주었나? 글쎄. 무릎을 덮은 작은 담요를 내던지고 그들은 휠체어에서 내려와 지하철 바닥을 기었어. 이렇게 해야, 저렇게라도 하니까 화두가 되고 논쟁이 되니까.

왜 반응이 없냐고 물었더니 수레가 말한다.

"엄마, 고양이 관점에서 생각해야지. 몸을 그렇게 뻣뻣이 세우고 있으면 오겠어?"

수레는 늘 엎드려서 네 발로 무지랑 눈을 맞추었다. 이것이 "되기"인가. 자신의 고정된 위치를 버리고 다른 존재로 넘어가기.

　　　　　　　　　　—『다가오는 말들』, 은유, 어크로스, 2019.

　　나를 감싸는 이불을 덮으면서 다시금 생각해봐. 나는 누군가의 이불이 되었을까. 이토록 크고 따뜻한 품을 내어준 적이 있는지 대해서 말이야. 세상을 살아가는 자신을 돌아보고, 자세를 정돈하고 태도를 정리할수록 더 나은 사람이 될 수 있다고 믿어. 나의 고정된 위치를 버리는 것 혹은 나의 위치를 똑바로 바라보는 것부터 시작이겠지.

이불이 그다지 생각나지 않는 여름이야.

그럼에도 나의 온몸을, 나를 사랑하는 이를, 내가 사랑하는 이를, 나의 가족을 따뜻하게 감싸주었던 이불을 떠올려보고 있어. 생각나지 않는다고 해서 중요하지 않은 건 아니니까. 자주 떠올려야 귀하고 소중하다는 걸 겨우 깨달을 수 있으니까. 누구든 내 침대로 초대해 한숨 푹 재우고 곁에서 뒤척일 때마다 이불을 덮어주고 싶은 밤이야. 따뜻한 잠을 잘 수 있도록. 이불 안으로 서늘한 밤과 바람이 틈타지 못하도록.

곁에 있다고 생각할게.

너에게 내어주었던 수많은 품들을 떠올리며, 잘 자.

불행을 다행으로

현아, 어쩌면 너의 생일에 이 영화를 보게 된 건 작은 운명 아닐까. 우리 인생은 아주 작고 소중한 운명들로 이루어져 있잖아. 너와 내가 한 배에서 태어난 것, 공유할 수 있는 어린 시절이 있다는 것, 너는 영국, 나는 서울에 있다는 것, 멀어진 거리만큼 애틋해질 수 있다는 것. 크고 작은 일들을 모두 거쳐 오면서 머리를 쥐어뜯고 싸우기도 하고 네가 언제나 건강하기를 바라고 네가 가려는 길을 반대하다가 맹목적으로 지지하고, 이런 무수한 이야기가 이 영화에 있어.

"화려한 연극은 계속되고 너 또한 한 편의 시가 된다는 것"이라는 구절을 들려준 적 있지. 〈죽은 시인의 사회〉라는 영화의 명대사야. 이 영화는 그 문장을 계속 떠올리게 해. 마침 이 영화의 포스터에도 비슷한 결의 문장이 적혀 있지. "우리의 인생은 모두가 한 편의 소설이다."

　〈작은 아씨들〉은 명화를 한 땀 한 땀 기워 영화로 만든 것 같은 아름다운 시퀀스와 그 아름다움 속에서 여성 각자의 삶이 변주되고, 슬픔과 기쁨이 과거와 현재라는 시간 속에서 반복돼. 낭만적인 과거는 따뜻한 색감으로, 비루한 현실은 차가운 색감으로 표현되면서 말이야. 행복은 멀어 보이고 불행은 가까워 보인다는 우리의 대화가 생각나는 순간이야. 현아, 혹시 그거 아니. 행복과 불행에서 쓰이는 행(幸)은 똑같이 '다행 행'이 쓰여. 행복은 다행 행과 복 복이 만나 '다행인 복'이 되고, 불행은 아닐 부와 다행 행이 만나 '아닌 다행'이 돼. 어떠한 수식어가 붙든 나는 '다행 행'이라는 말에 큰 의의를 두고 싶어져. 불행도, 행복도 삶에서는 다행으로 읽혀서 말이야. 사람이 만드는 영화와 소설을 좋아하는 이유도 그래. 버릴 장면이 없어. 불행은 이겨낼 수 있는 장치, 행복은 더 크게 나아갈 발돋움이 돼. '우리의 인생은 모두가 한 편의 소설이다.'라는 영화를 대표하는 이 문장은 우리 인생의 불행과 다행도 인과적인 다행이 된다는 셈인 거지.

현아, 작가가 되길 꿈꾸는 주인공 조는 엄마에게 말해.

"여자는 감정과 영혼이 있는 존재에요. 여자는 외모
만이 아니라 재능이 있어요. 사람들은 여자가 누군가
에게 사랑받고 결혼하는지에만 관심이 있어요."

조가 자신의 글을 자극적인 요소만 편집해 신문사에 돈
을 받고 투고하는 전반부에 비해 대비되는 대사야. 자극적
인 요소만 편집하지 않겠다는 확신이기도 하지. 너는 종종
내가 왜 비혼주의자인지, 왜 사랑에 관해 쓰는 걸 그만뒀는
지 궁금해했잖아. 한때는 나도 불행이라 여겼어. 내 가치관
이 뿌리내린 것을, 이 뿌리가 너무나도 단단해서 사람을 사
랑할 수 없게 된 것을. 하지만 작은 운명으로 짜인 우리 삶에
서 그게 과연 불행이기만 할까. 사랑만 쓰던 여성인 내가, 주
변으로 시선이 확장되고 여성의 삶에 대해 쓴다는 게 과연
'아닌 다행'일까.

감정과 영혼과 재능이 있는 사람이 되고 싶어서 나는 자
꾸 별것들을 쓰고 싶어 하고, 사랑으로부터 몸부림치는 걸

지도 모르겠다. 내가 불행이라 여겨온 가치관의 확립이 이겨낼 수 있는 장치가 되었어. 이 영화로 인해. 내 삶으로 한 편의 시와 소설을 쓴다면 분명히 사랑만이 있지 않거든. 쉼 없이 너와 다투고 화해하던 유년 시절, 입시에 실패한 날, 무수한 외로움, 이불을 내려칠 정도로 치솟은 분노, 잠을 물리치고 오는 질투와 열등감이 있을 거야.

너에게 이 영화를 마구 추천하고 싶어져. 우리의 삶에는 사랑만이 있지 않고, 여러 사건과 장면이 교차하며 우리를 성장하게 한다고. 근사한 시간을 살아가고 있노라고. 달려가는 조의 미소가 내 마음을 질주하고 있어.

언젠간 불행을 다행으로 읽을 수 있기를 바라며, 이 편지를 보내. 생일 축하해.

이것은 틀림없는
예언서입니다

『언니에게 보내는 행운의 편지』(정세랑 외 19인, 창비, 2021)에서 니키

리 작가님의 글 '우린 이렇게 사랑하고 웃고 그러다가 죽겠지'를 읽

고 영감을 받아 썼습니다.

　안녕하세요, 가희 씨. 저는 당신이 태어나기 전의 당신

입니다. 그리고 스물여덟 살까지의 당신을 들여다본 사람이

기도 하죠. 스물여덟 살 이후의 삶은 보지 못했습니다. 당신

의 유구한 버릇 때문이기도 합니다. 현실에 충실한 나머지

뒷일 생각하지 않는 것 말입니다. 제가 당신의 버릇을 '유구

하다'라고 부르는 것은 타당한 이유가 있습니다. 당신이 쥐고 태어난 이 버릇 때문에 머리가 아픈 일들이 종종 생기게 되기 때문입니다. 많은 것을 알려드릴 순 없어, 5년 단위로 알려드리도록 하겠습니다. 다시 같은 행동을 할 것인지, 하지 않을 것인지 선택하는 것은 당신의 몫입니다. 이것은 예언서이지만, 아닐 수도 있습니다.

다섯 살

당신은 이때부터 단 것이라면 환장하는 사람이 됩니다. 지금도 당신의 부엌에는 젤리만 보관하는 상자가 따로 있죠. 23년 전, 당신의 어머니(이자 나의 어머니)는 슈퍼를 운영하게 될 겁니다. 평상이 있는 골목 끝의 작은 동네 슈퍼입니다. 당신은 연두색 장난감 차를 타고 구석구석을 누비는 어린이가 될 테고요. 핑크색, 보라색 빛의 포장지를 보고 홀라당 넘어가지 마십시오. 타던 붕붕이나 열심히 타시면 그것이 '새콤달콤'인지도, 달콤하고 신맛이 무엇인지도 모르고 살 수 있으실 겁니다. 단순히 단맛을 알려주지 않기 위해 하는 조언은 아닙니다.

당신은 이 시기에 치과의 쓴맛 또한 알게 됩니다. 새콤달콤에 중독되어 뒤도 돌아보지 않는 동안, 양손에 하나씩 쥐고 잠드는 동안 당신은 생각도 못한 것이지요. 입 안이 달콤할수록 미래는 쓰다는 것을요. 아마 이 경험이 당신이 겪은 최초의 쓴맛일 겁니다. 그 후로 당신은 자라면서 치과를 몇백 번 갑니다. 이가 잘 썩는 유형의 인간이라는 건 스무 살이 넘어 알게 될 거고, 스무 살에 영국에서 치과 진료를 받아보겠다고 갔다가 치아 하나당 200파운드, 그러니까 그때의 환율로 40만 원이란 소리를 듣고 좌절하며 돌아옵니다. 진통제로 버티다가 한국으로 돌아와 결국 어금니 하나까지 빼게 됩니다. 이 치아는 영영 복구되지 않습니다. 입 안엔 안 때운 치아가 없고 신경치료를 마치고 덮어씌워야 하는데 그 값이 비싸 그마저 미루고 버티며 살아갑니다. 때운 채로만 쓰다 보니 치아는 닳고, 군만두를 먹다 오른쪽 위의 작은 어금니마저 세로로 쪼개집니다. 작은 어금니를 빼고 그 자리에 나사를 박고 가짜 이를 채우는 임플란트까지 하게 됩니다. 당신 스물여섯 살 때 일입니다. 이 모든 근원이 되는 것은 새콤달콤입니다. 새콤달콤을 주의하십시오.

열 살

단맛과 쓴맛을 배운 당신이 조금 더 큰 어린이가 되었습니다. '어린이는 1초도 쉬지 않고 어른이 되어가'는 터라 이 시기의 당신은 자신만의 세계를 만드는 데에 열중합니다. 당신의 친구 리와 킴과 흰 티에 청바지를 맞추어 입고 보아의 '마이네임' 춤을 춥니다. 장기자랑에 거리낌이 없는 청소년으로 한 발자국 발돋움한 것도 이때입니다. 최초의 짠맛 또한 이 시기에 알게 됩니다. 공부와는 전혀 진척이 없던 당신이 미술학원을 다니기 시작하고 그나마 재능이라고 생각하던 것이 더 뛰어난 친구 앞에서 보잘것없어 보이는 경험을 하게 될 겁니다. 그 아이를 질투하고 시기하죠. 그래도 너무 원망은 하지 마십시오. 그 친구는 당신을 좋아하고 결국 당신 또한 그 친구를 좋아하게 될 테니까요. 누군가를 미워한다는 것을 처음 배워서 감정을 다루는 데에 많이 미숙할 겁니다. 당신의 질투 어린 모습에 스스로 실망하기도 하죠. 질투, 열등, 시기, 분노, 무력감을 너무 일찍 배우지 않았으면 좋겠습니다. 다시 한 번 말하지만, 선택은 온전히 당신의 몫입니다.

열다섯 살

　제가 당신에게 강제하고 싶은 것이 있다면 이 시기의 일들입니다. 당신이 〈1박 2일〉을 보지 않고, MC몽을 좋아하지 않고, 그의 패션을 사랑하지 않았으면 좋겠습니다. 당신이 사춘기 백가희, 그러니까 사백이 시기를 더욱 격정적으로 겪게 만드는 원흉들입니다. 하얀 안경, 잔득 부푼 후까시 머리, 긴 치마, 이미지 사진, 소설나라, 짝사랑 등 사춘기 시기의 정통성을 보여주는 시기입니다. 다른 것 다 제외하고 딱 하나만 부탁하겠습니다. 당신은 이 시기에 한 남자아이를 좋아하게 됩니다. 고백까지 하게 되죠. 대답은 하지 않아도 된다고 하면서요.

　'나… 사실 너 조아해…. 대답(답장)은 안 해줘도 대…^-^'

　이쯤 되면 제가 왜 열렬히 반대하는지 눈치채실 겁니다. 이 얼토당토 않는 고백에 남자애는 정말로 아무런 대답을 하지 않습니다. 후에 당신은 친구로부터 전해듣습니다. 사실 그 아이는 받아줄 준비를 하고 있었다고요. 하얀 안경을 쓴 당신이 벽을 치고 이불을 발로 차도 변하는 것은 없습니다. 남자 아이는 당신의 친구와 사귀게 될 것이고 당신은 13년이 지난 지금까지도 남자 아이의 생사를 궁금해합니다. 가끔 동창을 만날 때 은근슬쩍 눈을 흘기며 묻죠. 걔는 잘 지낸대? 하지만 그 아이의 소식을 전해줄 사람은 없습니다. 당신이 이때 사랑을 쟁취했더라면, 당신이 답장을 받았더라면 더 용감한 사람이 될 수 있지 않았을까. 저는 감히 생각합니다. 당신이 나아가지 않은 딱 한 발자국은 열 발자국, 스무 발자국으로 부풀어 당신을 붙잡습니다. 사랑이든, 사랑이 아니든, 그 무엇이든 간에요.

스무 살

당신이 느껴보지 못한 신맛의 세계입니다. 이 신맛은 식초의 맛과 같이 시다는 뜻도 있지만, '신'세계의 '맛'이기도 합니다. 친구를 미워하면서까지 좋아했던 미술을, 처음 재능이라 믿었던 미술에게서 버림받습니다. 사실 미술은 당신을 버리지 않았을지도 모릅니다. 당신이 등을 진 거죠. 솔직히 말하건대, 당신이 충실하게 살지 못했던 탓도 있으니까요. 너무한가요? 그럼 이쯤 하겠습니다.

입시 미술을 대차게 실패한 당신은 사촌 언니가 있는 영국으로 건너갑니다. 이 시기의 기록은 현저히 적습니다. 당신이 무엇을 했는지, 저조차도 헤아려볼 수 없습니다. 그도 그럴 것이, 당신은 스마트폰과 노트북을 들고 가지 않게 되거든요. 공부에 집중하라는 뜻이지만, 어른의 말들을 한번 이겨보는 것도 추천합니다. 당신의 모든 순간을 기억해주는 것은 당신밖에 없다는 것을 뼈저리게 알게 될 테니까요. 하물며 윔블던 기차역에선 당신의 카메라까지 잃어버리니, 백업을 항상 해두고 사세요.

런던에서 당신은 초콜릿과 젤리를 손에 달고 살 거고 또 비련의 주인공처럼 같은 집에 사는 사람을 짝사랑하게 될 거고 괴상한 통굽을 신고 형광색 비니를 쓰고 다닐 겁니다. 그러면서 미래의 나를 위한 기록 같은 건 하나도 없습니다. 말했잖아요. 당신은 현실만 충실하게 사는 사람이자 과거를 들여다보지 않고 미래를 계산하지 않는 사람이라니까요.

스물다섯 살

짠맛, 단맛, 신맛, 감칠맛. 당신에게 남은 건 이제 매운맛 하나입니다. 당신의 인생은 궤도가 바뀌었습니다. 당신이 짝사랑의 대상을 바꾸었기 때문입니다. 그림을 그리는 사람이 아닌 글 쓰는 사람이 되었습니다. 심지어 첫 책을 내고 그 안에는 여태껏 당신이 사랑했던 모든 것에 평안과 안녕을 전하는 고백을 담아냅니다. 꾸준히 무언가를 하며 살아갑니다. 1단계부터 5단계까지의 매운 맛을 배우는 시기입니다. 친구들과 열심히 사랑하지만 송두리째 잃게 되는 시기이기도 해요. 열정적으로 인권을 노래하면서도 머리와 정신의 부조화로 온갖 고생을 합니다. 당신이 하는 일에 만족하지 못하고 쉽사리 좌절하며 이따금 젤리를 먹고 이따금 흑역사를 만들고 이따금 괴상한 옷을 입죠. 당신이 한 말들을 수습하면서 살아요.

여기까지.

당신의 삶을 스물여덟 살까지 들여다봤다고 했죠. 5년씩 편집하여 영 아쉬울 수도 있고, 제가 당신을 밉보이는 데만 집중한 탓에 '이 비루한 삶을 나보고 살라고?'하며 의문을 가질 수도 있겠습니다. 다만 말해 드릴 것은 최악의 최악은 알려주지 않았고, 최선의 최선 또한 알려주지 않았다는 사실입니다. 죄다 어정쩡한 날들입니다. 당신에겐 더 고통스러운 날과 더 즐거운 날이 뒤섞여 존재합니다.

당신은 유행보다 늦고, 때로는 유행을 따라가지 않고 자신만의 길을 추구하는 사람이 될 겁니다. 미래의 당신이 책임질 것 따위 생각하지 않고 오로지 현재와 당장의 기분에 집중하며 살아가는 사람입니다.

저는 이제 곧 태어날 겁니다. 이런 예감이 듭니다. 이 삶을 다 들여다보았지만, 당신은 같은 선택을 하게 될 것이라고요. 새콤달콤을 먹고 친구를 질투하고 대답을 바라지 않는 고백을 하고 입시 미술을 실패하고 백업을 하지 않고 덜렁대며 알맹이를 찾아 헤맬 거예요. 당신이 더욱 노심초사하는 사람이었다면 이러한 에피소드들은 통째로 증발되었겠죠. 이것 하나만큼은 장담하겠습니다. 재밌을 거예요. 흑역사라며 이불을 팡팡 차면서도 그 추억에 불현듯 웃게 될 거예요. 웃기 위해 살아가면 혹은 살아가며 자주 웃으면 그만 아니겠습니까.

이제 다섯 가지 맛을 골고루 맛보고 즐기며 살아가시면 됩니다. 달게 먹은 날은 짠맛을 찾고, 짜게 먹은 날은 싱거운 맛을 찾아가고 원하는 하루의 맛을 배합하며 살아가세요. 당신이 하는 선택만을 따르는 어른이 될 테니까요. 이것은 틀림없는 예언서입니다.

작가의 말

하루는 친구에게 보고 싶다고 연락을 했는데 돌아온 답변이 요즘 불안이 심해 바깥을 잘 나가지 못한다는 말이었습니다. 아주 큰 문제가 아니더라도 사소한 걸림돌들이 하루를 콱 막고 있다는 기분. 저 역시 느껴본 적 있었고 지금도 종종 느낍니다. 수저 하나 들 힘이 없을 때, 밥을 제때 챙기기도 힘들 때, 서 있는 것이 아닌 미끄러진단 느낌이 들 때, 일어나지 않은 일로 마음이 괴로울 때. 불안이 너무 많아 삶도 불안을 따라 미끄러지는 것이 아닐까란 생각이 들었어요. 그럴 때마다 삶을 일으켜주었던 것들은 다름 아닌 사랑이었습니다. 역시, 너무 진부한 말일까요? 자, 불안을 발음해보세요. 불안, 불안, 불안. 참 잘 미끄러지는 발음의 단어지요? 다음은 사랑을 발음해보는 겁니다. 사랑, 사랑, 사랑. 꽉 닫혀 있지 않나요?

저는 사랑하는 게 많아요. 아이돌도 좋아하고 야구도 좋아하고 수영도 좋아하고 고양이도 좋아하고요. 사랑하는 것들로 가득가득 채우고 하루를 살다 보면 어느 순간 저를 차지하던 불안은 온데간데 없이 사라져 있어요. 꼭 미끌리는 불안을 사랑이 다잡아주는 것처럼요.

어떻게 온 하루가 사랑만이 가득하겠어요. 충분히 이해합니다. 먹고 살기 바쁘니까, 지금은 할 일이 많으니까, 당장 쌓여 있는 일부터 해야 하니까. 그래도 당신이 알아주었으면 하는 바람으로 이 책을 썼습니다. 사랑하는 친구가 중심을 잡고 문을 열고 나오길 바라는 마음으로, 사랑을 아는 당신은 이제 추락할 수 없다는 걸 알려주겠다는 마음으로.

이 책의 완성까지 나를 이끌어주었던 사람들에게, 나를 만든 모든 너에게 고맙다고 전하고 싶습니다.

고맙습니다.

꼬박 몇 년동안 모은 글들이자 제 사랑을 당신께 보냅니다. 이 책이, 이 사랑이 당신에게 새로운 사랑의 시작이 되었으면 좋겠습니다.

2023년 4월의 늦은 밤,

백가희

만나지 않을 수도 있었다
너는 이곳에, 나는 지구 반대편에 있을 수도
있었다. 다른 언어를 쓰고 다른 시차에 살 수도
있었다. 새삼 모든 게 장난 같다.
어쩌다 네가 여기, 또 어쩌다 내가 여기.
이 거대하고 무한한 우주의 시간을 고르고 골라
같은 시간에 같은 언어를 쓰는 이곳에서
우리가 만났다는 것. 여러 순간과 우연의 도움
으로 너를 보았다는 것. 이 삶에서 네 이름으로
적힌 시절 하나를 얻었다는 것.

　　　너를 만나지 않을 수도 있었다.
　　　지루했을 것이다.

누군가는
사랑을
말해야 하지
않을까

초판 1쇄 인쇄 2023년 4월 21일
초판 1쇄 발행 2023년 4월 28일

지은이 백가희
책임편집 조혜정
디자인 그별
펴낸이 남기성

펴낸곳 주식회사 자화상
인쇄,제작 데이타링크
출판사등록 신고번호 제 2016-000312호
주소 서울특별시 마포구 월드컵북로 400, 2층 201호
대표전화 (070) 7555-9653
이메일 sung0278@naver.com

ISBN 979-11-91200-75-1 03810